Les mariés de Grèce

MAYA BLAKE

Les mariés de Grèce

Traduction française de
ALEXANDRA TEISSIER

AZUR

HARLEQUIN

Collection : Azur

Titre original :
THE GREEK'S FORGOTTEN MARRIAGE

HARPERCOLLINS FRANCE
83-85, boulevard Vincent-Auriol, 75646 PARIS CEDEX 13
Service Clients — www.harlequin.fr
ISBN 978-2-2804-9896-8 — ISSN 0993-4448

Composé et édité par HarperCollins France.
Imprimé en janvier 2024 par CPI Black Print (Barcelone)
en utilisant 100% d'électricité renouvelable.
Dépôt légal : février 2024.

FSC www.fsc.org MIXTE Papier issu de sources responsables FSC® C159065

Pour limiter l'empreinte environnementale de ses livres, HarperCollins France s'engage à n'utiliser que du papier fabriqué à partir de bois provenant de forêts gérées durablement et de manière responsable.

1

La petite chapelle perchée sur la colline était ravissante. Un site de rêve pour les rares touristes qui s'aventuraient jusqu'à cette petite île d'Efemia nichée dans un coin perdu de la mer Égée. Ils mitraillaient sûrement avec leurs appareils photo les murs blancs sur fond d'azur scintillant, tandis qu'à l'intérieur de pieuses grands-mères chuchotaient des prières ferventes, les doigts crispés sur leurs chapelets.

C'était bien le dernier endroit qu'Imogen Callahan s'attendait à visiter. Le dernier aussi qu'elle imaginait au bout de sa quête éperdue. Elle resta un moment immobile au pied des marches, incapable d'assimiler ce qu'avait découvert son détective privé. Et moins encore ce qui était sur le point de se produire entre ces murs sacrés.

Était-il devenu fou ? Ou était-ce un autre de ces jeux pervers qu'il affectionnait, auxquels ses adversaires n'avaient même pas conscience de participer avant de le regarder, impuissants, repartir avec son trophée ?

À l'intérieur de la chapelle, des voix entonnaient *crescendo* le dernier couplet d'un cantique. Imogen se reprit, monta l'escalier et saisit l'antique poignée de fer, solide et fraîche sous ses doigts tremblants. Quel que soit le jeu en cours, il était grand temps d'y mettre fin. C'était cela, ou devenir folle après tant de nuits à se tourner et à se retourner dans son lit avec ce mystère qui la rongeait, creusant un sillon acide dans sa poitrine.

Eh bien, c'était terminé !

Inspirant à fond, elle poussa la lourde porte.

Le gémissement lugubre des vieux gonds déchira le silence sépulcral qui était retombé dans la chapelle. Devant elle, une petite assemblée striée des éclats de lumière tombant des vitraux ; et tout au fond, dans l'ombre, un couple, au pied de l'autel. L'homme s'était retourné, alerté par le bruit. Grand, la carrure athlétique, avec un regard pénétrant, affûté comme un laser, qui se braqua sur elle.

C'était si prévisible de la part de cet homme. *Si* c'était bien lui. Imogen frissonna. Son magnétisme puissant tissait déjà sa toile autour d'elle. Ça aurait pu être n'importe qui, pourtant, pour ce qu'elle en savait. Une impasse de plus.

Elle devait en avoir le cœur net.

Elle avança, s'éclaircit la voix et releva le menton pour s'adresser au prêtre qui se tenait dans un cercle de lumière deux marches plus haut, les mains jointes devant son habit blanc.

— Quoi qu'il se passe ici, cette farce doit cesser immédiatement !

Un silence de mort suivit sa déclaration. Puis des chuchotements frénétiques s'élevèrent parmi la foule de visages stupéfaits. La scène lui rappela les *telenovelas* qu'aimait tant sa grand-mère, à ceci près que ce n'était pas une fiction. C'était sa vie qui se jouait.

Quelques pas encore. Ses hauts talons cliquetèrent sur les dalles sous les regards réprobateurs et peu à peu franchement hostiles. Au bout de l'allée le prêtre la regarda approcher les sourcils froncés, l'air méfiant.

Imogen avait conscience de son allure indigne de ce lieu sacré. Le brushing infligé par sa styliste s'était affaissé au fil des heures, son maquillage plus appuyé que d'habitude frôlait le théâtral, sa robe de sequins émeraude ultra-moulante dont l'ourlet lui tombait à mi-cuisse étincelait sous les vitraux, ses escarpins aux semelles rouges frôlaient l'indécence. Sa place n'était pas dans une église, et alors ? Elle se trouvait dans une boîte de nuit athénienne – un comble pour elle qui sortait si rarement depuis dix mois – lorsque le texto du détective lui était parvenu. Le besoin viscéral de se précipiter à Efemia, de *savoir*, avait été le plus fort.

À quoi bon dire à ces gens que les robes minimalistes n'étaient pas sa tasse de thé et qu'elle portait le plus souvent des tailleurs d'affaires ? Elle ne devait d'explications à personne sur sa manière de vivre depuis qu'elle avait consenti à un ultime sacrifice et s'était soustraite à la main de fer de son père.

Elle soutint donc avec aplomb les regards sévères tandis que le prêtre contournait le couple pour se porter à sa rencontre. Les bras grands ouverts comme pour les protéger de cette intruse, il prononça quelques mots à toute vitesse.

Imogen secoua la tête, ses longs cheveux sombres voletèrent sur ses épaules nues.

— Je ne parle pas le grec, hélas ! Mais vous comprenez l'anglais, j'espère. Parce que vous êtes en train de commettre une grave erreur...

— Et quelle serait cette erreur, je vous prie ?

Imogen se figea. La question provenait non du prêtre, mais du futur marié.

Cette voix !

Profonde, rocailleuse... Autoritaire... Hypnotisante.

Elle avait terrifié P-DG et employés, et fait plonger son père dans une spirale infernale. Elle l'avait fait elle-même osciller entre sanglots et rage, lorsque cet homme, refusant d'écouter la raison, avait rejeté sans émotion aucune sa prière de reconsidérer le prix abject exigé par sa famille.

Au cœur des nuits les plus noires de ces dix derniers mois, l'idée de ne plus jamais entendre cette voix l'avait bizarrement tourmentée, alors qu'Imogen aurait dû au contraire se réjouir d'être enfin libre. Peut-être savait-elle déjà qu'elle ne serait jamais libérée de cette voix, de *lui*, tant qu'elle ne serait pas allée au bout de sa démarche.

Voilà pourquoi elle n'avait jamais renoncé à le chercher.

— Je vous ai posé une question. Vous avez interrompu mon mariage, ayez tout au moins la décence de m'expliquer pourquoi.

« Mon mariage. »

Était-il devenu fou ? Le pouvoir lui avait sûrement tourné la tête. Parce que là, c'était du délire. Une *hubris* dépassant tout ce dont elle l'avait imaginé capable. Il avait pourtant démontré de grandes capacités en la matière, durant le temps passé ensemble, bref mais intense, avant de s'évanouir dans la nature.

Elle fixa le beau visage aux traits ciselés qui lui faisait face et resta muette de saisissement.

Après tant d'impasses, elle n'avait jamais cru, au fond, que cette dernière piste aboutirait. Que celui qu'elle cherchait partout se trouvait encore sur le sol grec, dans ce village isolé où l'accès à Internet était quasi inexistant et l'eau courante un luxe, à en croire son détective.

À quoi jouait-il, bon sang ? Rien ici n'avait de sens…

Une question murmurée en grec attira son attention vers la jeune femme réfugiée sous *son* bras protecteur, et quelques pensées fort peu charitables défilèrent dans son esprit. Était-ce une sorcière ? Une sirène, peut-être, puisqu'ils se trouvaient dans le berceau de la mythologie grecque ? Imogen voulut s'approcher, mais *il* s'interposa aussitôt. Piquée au vif, elle s'efforça de se ressaisir. Il cherchait à protéger cette femme, quoi de plus normal ? Leur relation à eux, à l'inverse, n'avait rien de naturel. Forgée dans une salle de conférences, finalisée dans un tribunal d'Athènes plus glacial encore et, au vu de ce qui s'était passé ensuite, qui prendrait fin au même endroit.

Bientôt, pria Imogen en son for intérieur.

Elle avait mis sa vie entre parenthèses pour non pas un,

mais *deux* hommes. Son père, et cet individu. Pour la simple raison qu'elle était née femme.

Assez !

— Vous savez pourquoi je vous ai interrompus, répliqua-t-elle. Vous n'allez pas invoquer une erreur sur la personne, tout de même ? Ou prétendre avoir un frère jumeau ?

Une lueur d'incertitude traversa le regard de son interlocuteur.

— Je n'en ai pas, à ma connaissance, dit-il.

— Alors, pourrions-nous mettre fin à cette comédie ?

— La seule comédie en cours ici est votre présence indésirable en ces lieux, mademoiselle... ?

Imogen tressaillit.

— Sérieusement ?

Elle se tourna vers l'assistance, en quête d'un visage connu, celui par exemple d'un des industriels de haute volée gravitant autour de cet homme tels des insectes attirés par une flamme. N'importe qui susceptible de prouver l'existence d'une intrigue machiavélique dont le monde des affaires était coutumier... Mais il n'y avait là que des villageois curieux et modestement habillés.

Imogen lui fit de nouveau face.

— Si c'est une blague, elle n'est pas drôle du tout !

— Encore une fois, la seule personne en train de se ridiculiser ici c'est vous, *mademoiselle...* ?

Sa voix était devenue impérieuse. Un murmure de surprise parcourut l'assemblée. À croire que cette facette du personnage leur était inconnue, alors qu'elle était si familière à Imogen.

Le souffle lui manqua soudain.

Seigneur ! Était-ce possible ? Cet homme qui avait le pouvoir de construire et de détruire des dynasties à volonté n'avait pas pu perdre ses facultés mentales, tout de même...

Cela expliquerait toutefois sa disparition soudaine et l'abandon de ce qui lui tenait le plus à cœur – sa chère entreprise. Chaque matin elle s'était réveillée en se demandant à quoi il jouait. *Où* il jouait. Si elle deviendrait folle à force de ne pas savoir.

Quant à imaginer un acte délibéré de sa part… Non, cette hypothèse semblait exclue. Imogen se redressa.

— Je m'appelle Imogen Callahan Diamandis. Et vous, Zephyr Diamandis.

Levant bien haut sa main gauche, à laquelle il avait glissé un jour, dans une pièce glaciale à mille lieues de cette ravissante chapelle, le diamant obscène assorti à son nom, elle ajouta :

— Et pour le cas où vous ne l'auriez pas encore compris, je suis votre épouse !

Zephyr Diamandis.

Un nom résolument grec. Arrogant et pompeux même, diraient certains. À des années-lumière du banal Yiannis qu'il avait choisi en s'éveillant dans un lit inconnu dix mois plus tôt…

Le choc le paralysa. Son cerveau s'employa frénétiquement à décrypter la bombe qui venait d'exploser à ses pieds, mais comme chaque fois qu'il s'y essayait, ses tempes se mirent à bourdonner comme pour le presser de lâcher prise et d'oublier.

Zephyr Diamandis.

Ce nom lui était aussi étranger que Yiannis Sans-Nom-de-Famille, surnom dont l'avait affublé en riant sa future *yaya* à son arrivée dans la petite famille de Petros. Il avait alors si peu d'indices pour se baptiser. Les vêtements fripés qu'il portait sur lui lorsqu'on l'avait repêché, la langue grecque qui lui venait naturellement, l'anglaise qu'il semblait aussi connaître. Rien d'autre.

Sa vie s'était un peu améliorée depuis, malgré tout. Il comptait désormais une poignée d'amis, des voisins sympathiques et même un travail. Il aidait Petros à gérer ses dix bateaux de pêche. Dans l'ensemble il était plutôt content, mais le serait-il tout à fait un jour ? Content d'avoir finalement cédé à la pression discrète mais ferme de Petros pour faire de sa fille une honnête femme.

Cela avait suffi pour qu'il cesse momentanément de s'interroger sur son passé. Comme l'avait souligné Petros, s'il comptait vraiment pour quelqu'un dans le vaste monde, les forces de l'ordre – un grand mot, s'agissant de l'unique policier chargé de régler les chamailleries dans la taverne du coin – auraient déjà retrouvé sa piste, n'est-ce pas ?

Il revint à l'instant présent, sentant un point le démanger dans le dos, la petite voix intérieure qui le tourmentait souvent, la nuit surtout, lui reprochant son inertie.

— Yiannis ?

Il se tourna vers Thea, sa promise, réfugiée sous son bras, un peu surpris de l'avoir complètement oubliée depuis l'apparition de cette créature court vêtue, audacieuse et provocante, qui prétendait être son épouse.

Elle était si belle, avec ces yeux verts étincelants qui le fixaient avec un mélange de défi et de réprobation, ces lèvres pulpeuses, sensuelles, ces boucles noisette brillantes qui donnaient envie d'y plonger les doigts...

Theós ! Faire une fixation sur les lèvres d'une femme au moment d'en épouser une autre ! Ce n'était pas sérieux.

Il hésita, toujours pas convaincu de ne pas avoir affaire à une plaisanterie, une prolongation peut-être de l'enterrement de vie de garçon que lui avaient concocté les villageois l'avant-veille à grand renfort de bières.

Une petite main se posa sur sa poitrine. Le visage de Thea exprimait angoisse et confusion, tel un reflet fidèle de ses propres émotions.

— Il ne s'appelle pas Yiannis, dit la nouvelle venue.

Il lui jeta un bref regard. Une sensation de chaleur l'envahit, étrangement satisfaisante. Se réjouissait-il vraiment de voir cette inconnue jalouse de Thea ?

En penseur obsessionnel, comme le soulignait souvent Petros en riant, il tenta de se mettre à sa place. Et grimaça.

Nai, oui, en effet, lui aussi serait pour le moins perturbé s'il trouvait sa femme sur le point d'épouser un autre homme.

Seulement il n'avait que sa parole…

— Je serais votre mari ? demanda-t-il d'une voix blanche.

— Oui.

Il la considéra un instant. La douleur dans ses tempes s'accentuait de seconde en seconde.

— Prouvez-le, répliqua-t-il.

Ses yeux enchanteurs s'arrondirent de stupeur dans la lumière se déversant à travers les vitraux. Il retint un frisson, pris d'une envie absurde de plonger dans leurs profondeurs turquoise, et promena le regard sur son corps pour mieux se faire comprendre.

— Prouvez-moi que ce n'est pas une blague, reprit-il. L'île regorge de touristes prêts à tout pour s'amuser. Qui me dit que vous n'êtes pas ici pour relever une sorte de défi ridicule ?

— Vous plaisantez ?

Elle avait un accent américain – comment diable savait-il cela ? À sa stupéfaction, cet accent le séduisit tant qu'il se retint de justesse de caresser du pouce cette lèvre inférieure charnue et boudeuse qui frémissait d'indignation.

Il pressa la main de Thea pour recouvrer son sang-froid, pour redevenir l'homme intègre tant apprécié de Yaya et Petros, qu'il vit du coin de l'œil se lever pour s'approcher d'eux.

— Je ne suis pas… Ce n'est pas une blague, croyez-moi ! s'exclama-t-elle.

Fasciné malgré lui, il la regarda plonger la main dans le minuscule sac à main qu'elle portait en travers de sa poitrine pleine et ferme, et en sortir un téléphone aux lignes épurées.

Petros ne lui laissa pas le temps de s'en servir.

— Mon fils est trop poli, dit-il sèchement dans un anglais hésitant. Que voulez-vous au juste, mademoiselle ?

— Votre fils ? répéta-t-elle en secouant la tête. C'est n'importe quoi !

Petros balaya d'un geste ses paroles.

— Il est mon fils de toutes les façons qui comptent. Maintenant, si vous avez fini de vous amuser, nous avons une cérémonie à conclure !

La femme les toisa l'un et l'autre d'un air de défi et alluma son téléphone. Ses doigts volèrent sur l'écran.

— Pas de réseau, grommela-t-elle.

— Des photos de notre couple à nous montrer, peut-être ? Vous en avez nécessairement...

L'ombre d'un regret traversa ses yeux avant qu'elle les détourne.

— Bien. Comme vient de le dire Petros, la cérémonie n'est pas terminée. Avouez donc que votre irruption ici venait couronner la fête que vous avez commencée hier soir, dit-il, incapable de s'empêcher d'admirer ses jambes nues spectaculaires. Des excuses suffiront, vous pourrez repartir.

— Et puis quoi, encore ? répliqua-t-elle en le fusillant du regard.

Ce ton furieux provoqua quelques remous dans l'assistance. Même sans comprendre l'anglais, chacun sentait qu'il se passait quelque chose de grave.

— Yiannis, s'il te plaît, finissons-en, supplia tout bas Thea en grec.

Il baissa les yeux sur son doux visage. La fille unique de Petros était assez touchante, avec cette mélancolie attachée à ses pas depuis la mort de son fiancé, trois ans plus tôt. Était-ce sa fragilité qui l'avait maintenu à distance, même pendant leurs très brèves fiançailles ? Difficile à dire. Toujours est-il qu'il n'avait pas été tenté d'approfondir leur relation ni même de l'embrasser. Il n'avait pas vraiment réfléchi au type de femme qui lui convenait, mais une chose était claire, Thea n'avait pas l'audace ni la combativité de cette femme qui se prétendait son épouse...

La comparaison le fit grimacer. Il aimait bien Thea Angelos, mais une chose était sûre, leur union n'était pas un mariage d'amour. C'était Petros qui avait encouragé leur rapprochement, voyant là une chance de perpétuer sa famille. Et lui avait laissé faire, car il se sentait redevable envers cet homme qui lui avait sauvé la vie.

Cette interruption n'avait que trop duré.

— Si vous refusez, déclara-t-il en se redressant, je vous fais escorter vers la sortie.

Là-dessus il lui tourna le dos et adressa un signe au prêtre, qui alla aussitôt reprendre sa place. Mais la voix un peu enrouée de la nouvelle venue s'éleva de nouveau, le coupant net dans son élan, encore une fois.

— Votre super yacht, baptisé *Ophelia,* du nom de votre mère, est ancré à un mille de la côte. Il est visible depuis le sommet de la colline. Allez-y, si vous ne me croyez pas. Trente-cinq membres d'équipage s'en occupent, dont le capitaine que vous connaissez depuis vos vingt et un ans. Vous étiez à bord lorsque vous êtes tombé à la mer, il y a dix mois. Vous êtes présumé noyé depuis. Chacune des personnes présentes sur ce yacht peut attester de votre identité. Mais vous pouvez aussi poursuivre ici et vous rendre coupable de bigamie. À vous de choisir.

Il se raidit, soufflé par ce discours.

Le timing était correct, c'était indéniable. Tout comme ce « présumé noyé ». Il avait bel et bien failli y rester avant que Petros et ses hommes le repêchent en pleine mer.

Il serait donc assez riche pour s'offrir un super yacht ?

Cette richesse supposée allait sûrement de pair avec des responsabilités. Du pouvoir. De l'influence. La capacité d'aller de l'avant, et de rebondir… Autant de facettes de sa personne dont il avait perçu comme un écho lointain, juste hors de sa portée. Il s'était efforcé de les ignorer, craignant de passer pour un ingrat vis-à-vis de la générosité incroyable de Petros et de sa famille, mais alors qu'il aurait dû savourer simplement l'affection et la chaleur humaine de ses hôtes, il s'était senti… dériver. Reconnaissant, mais *diminué.*

Et voilà que brusquement cette sensation s'accentuait.

Les cordes de cette vie semblaient se resserrer autour de lui et le retenir prisonnier alors qu'il voulait... Non, alors qu'il *était destiné* à être libre !

À moins que son imagination ne lui joue des tours ? Son esprit en déroute l'induisait peut-être en erreur sur ses besoins profonds... Tout cela à cause de cette femme !

Tandis qu'il hésitait, un brouhaha s'éleva dans la chapelle. Une agitation certaine régnait dans les travées. Il vit quelques personnes se lever pour s'approcher de l'unique fenêtre. Au premier « Oh ! » qui brisa le silence, son ventre se contracta. Puis, lentement, une première corde céda.

Il sut alors au plus profond de lui, avec une certitude absolue, que le moment qu'il attendait depuis dix longs mois était enfin arrivé.

Comme pressentant ce qui allait suivre, Petros interpella l'intruse avec une rage très inhabituelle chez lui

— Vous prétendez connaître cet homme ? Dites-moi ce qu'il portait la dernière fois que vous l'avez vu !

— Une chemise vert pâle à manches longues et un cargo marron clair. Il avait aussi un bracelet de cuir fin avec un fermoir en titane, mais il l'a peut-être perdu dans l'eau.

Petros poussa un soupir, défait. La description correspondait. Quant au bracelet de cuir, il s'était désagrégé en quelques semaines, il avait fallu se résoudre à le jeter.

La plupart des invités s'étaient agglutinés devant la fenêtre. Même le prêtre les avait rejoints. Tant mieux, cela lui offrait l'intimité dont il avait besoin.

Dans les yeux de Thea il détecta un vague soulagement qui lui arracha un sourire désabusé. La malheureuse ne s'était pas remise du décès de son fiancé. La facilité avec laquelle elle acceptait par avance sa décision en attestait. Elle avait déjà reculé sans un mot vers les bras ouverts de son père.

Libre à présent, il fit face à l'inconnue. Et s'étonna plus encore de l'attirance brûlante qu'elle lui inspirait. Contre toute attente, après dix longs mois de désintérêt total pour le plaisir charnel, il dut se rendre à l'évidence – sa virilité se réveillait.

Cette femme, son *épouse*, était à lui. Il pouvait l'embrasser. La toucher. La prendre…

— S'il s'avère qu'il s'agit d'une plaisanterie très élaborée, mademoiselle Callahan, soyez sûre que vous le regretterez jusqu'à la fin de vos jours !

2

Sur la vedette qui les emportait à vive allure vers le yacht, Imogen garda les yeux rivés sur l'horizon, loin de son compagnon de route qui avait préféré rester debout, cramponné à la main courante. Elle sentait parfois son regard affûté dévier vers elle avant de se refixer sur le yacht.

Trouvait-il sur son visage des réponses aux questions qu'il se posait ? Elle n'était pas sûre de vouloir le savoir tant elle tremblait encore, chahutée par un charivari d'émotions depuis la scène dans la chapelle. Et ce qui s'était passé ensuite avait été tout aussi étourdissant...

Une fois sa décision prise de vérifier par lui-même ce qu'il venait d'apprendre, Zeph s'était montré inflexible, semant la détresse dans son sillage. Chez Petros, surtout. Même sans comprendre le grec, elle avait deviné que cet homme l'implorait de changer d'avis et perçu sa haine dans les regards qu'il lançait sur elle en parlant. Pendant ce temps une vieille femme pleurait doucement son coin, et c'était à elle que Zeph avait consacré le plus d'attention, lui expliquant sa démarche d'un ton doux, mais ferme, jusqu'à ce qu'elle pose la main sur sa joue, lui signifiant par là qu'elle le comprenait et lui pardonnait.

Quant à la jeune femme qu'il avait prévu d'épouser, elle avait simplement tourné un visage grave et inquiet vers son père et la vieille femme. Aucun signe chez elle de fureur ou d'amour trahi. À se demander si leur mariage n'aurait pas été de pure convenance – exactement comme le sien.

En moins d'une heure, Zeph avait coupé tous ses liens avec la vie qu'il menait depuis dix mois, et il n'avait pas prononcé un traître mot depuis leur départ d'Efemia. Imogen n'en était pas autrement surprise. L'homme auquel elle avait été liée de force était d'une détermination à toute épreuve.

Le trajet dura à peine une dizaine de minutes. À l'arrivée, Imogen avait les nerfs en pelote. Elle accepta non sans hésitation la main que lui tendait Zeph pour descendre de la vedette et étouffa une exclamation. C'était le premier contact réel qu'elle avait avec son mari depuis qu'il avait glissé un diamant à son annulaire dans une banale salle communale d'Athènes deux ans plus tôt…

Elle était alors trop désemparée d'avoir été sacrifiée par sa propre famille sur l'autel du business pour s'appesantir sur le charme dévastateur de l'homme à qui on la mariait de force. Bien sûr elle n'ignorait pas qu'il avait conquis quelques-unes des plus belles femmes du monde. Mais précisément, s'il l'avait choisie, elle, c'était uniquement par vengeance. Savoir cela avait éclipsé tout le reste.

À le voir à cet instant, bien vivant et en pleine forme, le souvenir de la raison pour laquelle Zephyr Diamandis la détestait refit surface – le non-respect de la parole donnée.

Le père et le grand-père d'Imogen avaient causé la faillite du grand-père de Zeph. Une responsabilité que son père refusait toujours d'assumer, même après avoir offert sa fille unique en pénitence pour se sauver *lui* de la misère. Mais Imogen avait mené sa propre enquête sur les agissements des Callahan et leurs conséquences choquantes.

Ils avaient négligé de respecter les termes d'un contrat de livraison dans lequel les Diamandis avaient investi jusqu'au dernier euro. Du jour au lendemain, ces derniers avaient tout perdu. Ils étaient passés du statut de futurs richissimes à celui de miséreux. Des parias, diffamés à Athènes. Très vite après cela, le grand-père de Zeph avait succombé à une crise cardiaque, et son père puis sa mère l'avaient suivi dans la tombe après s'être démenés pour tenter de sauver le peu qui leur restait, laissant derrière eux un enfant plein de rancœur. Un jeune garçon lancé dans le circuit des familles d'accueil et qui avait dû s'éduquer seul, imprégné de l'idée qu'une seule famille, les Callahan, avait ruiné sa vie.

Comment s'étonner après cela que cet homme ne l'ait pas touchée depuis qu'il lui avait accroché au cou le boulet de son nom, avant de cesser toute relation avec elle ?

Toutefois, Imogen ne put ignorer les petites étincelles qui crépitèrent lorsque les doigts puissants de Zeph se refermèrent sur les siens pour la hisser sur le pont inférieur du yacht, ses yeux bleu nuit rivés sur les siens comme pour percer ses secrets les plus intimes...

Et lui rappeler qu'une réalité différente était en cours.

Son mari longtemps disparu était de retour. Et il semblait bien avoir perdu la mémoire.

Bon sang ! Elle n'arrivait toujours pas à croire qu'elle l'avait retrouvé. Bien vivant, par-dessus le marché. Viril, vigoureux et plus séduisant encore...

Et il fixait maintenant sa bouche comme si... comme si...

Imogen aspira vivement une bouffée d'air, alors que tous les membres d'équipage s'alignaient derrière le capitaine comme un seul homme, avec un mélange de stupeur et de joie contenue sur le visage, pour regarder le patron monter à bord du yacht où il avait failli perdre la vie dix mois plus tôt.

Comme elle, ils parurent estomaqués à son apparition.

Car pour quitter le hameau dans lequel il résidait depuis son sauvetage, le milliardaire redoutable, capable de retourner le paysage fiscal aussi facilement qu'un jardinier le sol, au lieu d'enfiler un costume ou même un pantalon et une chemise, avait choisi un short kaki et un T-shirt blanc.

Elle ne l'avait jamais vu autrement que sur son trente et un. Sans doute parce qu'il avait à son entière disposition une douzaine de tailleurs émérites éparpillés sur trois continents. Et surtout, quel choc de le voir en *tongs* ! Le Zeph d'avant n'aurait même pas su de quoi il s'agissait si on lui en avait montré une paire, elle en était sûre.

Plus choquant encore, ce choix d'une tenue décontractée plaisait à Imogen.

Il lui plaisait même beaucoup.

Elle eut le plus grand mal à s'arracher au spectacle de ses épaules charpentées et de sa musculature massive, plus développée qu'avant sa disparition, qui se devinait sous le fin coton, de sa gorge puissante, des touffes de duvet soyeux dépassant de son col et de ses boucles brunes épaisses agitées par la brise. Il agita négligemment une main bronzée en direction de l'équipage et *sourit.*

Oh ! À ce rythme-là, elle s'évanouirait de sidération avant midi.

Titos, le capitaine d'*Ophelia I*, se lança dans une longue tirade en grec, les yeux brillant de larmes, tout en serrant avec effusion la main de son patron. Zeph lui répondit en grec également avant de saluer ses autres employés, complètement ahuris. Puis le chef steward entraîna tout ce petit monde à l'écart, suivant en cela la requête expresse d'Imogen de garder secrète pour le moment la nouvelle de cette réapparition.

Zeph se tourna vers elle, souriant toujours. Imogen retint son souffle.

— Y a-t-il un problème ?

— Je... Vous souriez, balbutia-t-elle.

Il haussa les sourcils.

— Cela semble vous étonner.

Imogen s'accorda un temps de réflexion avant de répondre. Où avait-elle lu que fournir à un amnésique des informations de manière inconsidérée pouvait se révéler nocif ?

— Mademoiselle Callahan ?

À ce nom elle se crispa. Et se le reprocha aussitôt. N'avait-elle pas obtenu ce qu'elle souhaitait ? N'avait-elle pas remué ciel et terre afin de retrouver cet homme, poussée par un instinct viscéral, tenant tête aux autorités comme à son conseil d'administration, alors que tous la pressaient de le déclarer mort, justement pour être fixée d'une manière ou d'une autre, recouvrer son indépendance et redevenir Imogen Callahan ?

Oui, mais...

— Si vous essayez de mettre en doute notre mariage en m'appelant par mon nom de jeune fille, vous perdez votre temps, dit-elle en levant le menton.

— J'ai peut-être oublié qui je suis, mais je ne prendrai pas tout ce qu'on me raconte pour argent comptant.

Là, c'était le Zeph qu'elle connaissait. Le magnat du transport maritime respecté et redouté par tous ses concurrents.

— Quelle raison aurais-je de vous mentir ? répliqua-t-elle.

— Celle pour laquelle vous restez si tendue et distante, alors que tous ici semblent se réjouir de me revoir. J'aimerais comprendre.

Une main de fer dans un gant de velours. Imogen frissonna – et ce frisson-là n'avait rien d'agréable. Il usait de cette même voix ambiguë avec elle et elle seule avant sa disparition. Qu'il s'en souvienne ou non.

— Je m'inquiète pour vous, dit-elle d'un ton qu'elle espéra dégagé. Tout cela doit être tellement nouveau et différent de ce à quoi vous étiez habitué ces dix derniers mois. Vous devriez peut-être vous reposer.

Le visage de Zeph se fendit d'un nouveau sourire craquant.

— En dépit de mes trous de mémoire, je pense être fait d'une étoffe assez solide, ma chère épouse.

Il prononça les derniers mots un ton plus bas en la regardant droit dans les yeux. Imogen battit des cils et rassembla son sang-froid.

— Titos, votre capitaine... Je ne parle pas grec, j'ignore s'il a évoqué les souvenirs d'enfance que vous avez en commun, mais il vous confirmera sûrement tout ce que vous avez besoin de savoir.

— Il semble très sympathique, dit Zeph sans la quitter des yeux, mais je n'ai pas eu le sentiment d'avoir un ami intime en face de moi.

Et pour cause. Zephyr Diamandis avait toujours été un loup solitaire, un prédateur alpha régentant seul son monde d'une poigne d'acier. Il avait des dizaines de relations d'affaires et autant d'alliances, mais des amis ? Elle n'en avait pas croisé un seul depuis leur mariage.

— Vous hésitez, dit-il. C'est la preuve que j'ai raison.

— Oui... Je veux dire, non, vous n'étiez pas amis.

— Pour une bonne raison, sans doute.

La question à peine voilée déclencha un signal d'alarme dans la tête d'Imogen. Brusquement elle n'était plus si sûre de vouloir fournir à Zeph des détails précis sur leur relation et lui apprendre que loin de former un couple conventionnel, ils étaient ennemis. Des ennemis rapprochés par le Code de représailles Diamandis dont il s'était juré de ne jamais dévier. Lorsqu'il avait ressuscité de ses cendres, déterminé à faire payer un Callahan, c'était elle qui avait eu cet honneur...

Zeph avança, et aussitôt Imogen retrouva les sensations d'avant. Ce pouvoir de séduction, cette façon de poser son autorité en entrant dans une pièce, avant même de prononcer un mot. Lorsqu'il vous épinglait de ces yeux-là, le pont du yacht, large et ouvert sur l'immensité de la mer Égée, semblait être une cave confinée. Elle fut soudain intensément consciente de chaque parcelle de sa peau. Consciente de ses seins tendus, de leurs pointes durcies.

Quelle était la question, déjà ? Ah oui ! Les amis. Elle s'humecta les lèvres.

— Je sais que vous voulez des réponses, et vous les aurez, mais...

— *Nai*, je veux des réponses, et maintenant. Commencez donc par m'expliquer où vous étiez hier soir. À quoi vous jouiez en sortant habillée comme ça, alors que votre mari était porté disparu.

— Pardon ? Comment osez-vous... ?

Elle se découvrit indignée et heureuse de l'être. Cette diversion tombait à pic pour l'aider à oublier le trouble qu'il déclenchait chez elle et qui lui rappelait qu'elle était une femme avant tout. Dotée d'une expérience négligeable en matière de sexe, mais une femme tout de même. Elle n'avait aucune envie de s'appesantir sur cette brusque flambée dans ses veines dès que l'odeur de cet homme dérivait jusqu'à elle ou que ses yeux se posaient sur ses lèvres sensuelles, ses muscles fermes, ses mains calleuses qu'elle imaginait griffant son corps.

— Ce n'est pas une critique, dit-il, même si, je l'avoue, l'idée que d'autres hommes admirent ces jambes spectaculaires me contrarie un peu.

Imogen en resta saisie.

— Mais... pourquoi ? Vous... vous semblez jaloux.

— Vraiment ? Est-ce si nouveau pour moi de m'informer des faits et gestes de ma femme ?

Cette remarque était si stupéfiante que la colère d'Imogen se dissipa dans la seconde.

Le Zephyr Diamandis qu'elle connaissait ne montrait aucune espèce d'émotion en sa présence. Tout juste une indifférence hautaine. Leur mariage lui assurait la respectabilité nécessaire pour sécuriser le plus gros contrat de sa carrière – l'acquisition d'Avalon Inc., un conglomérat d'une valeur de plusieurs milliards de dollars.

Qui sait comment le père d'Imogen avait eu vent des négociations en cours entre Zeph et Philip Avalon, et découvert que le richissime nonagénaire, qui avait fini par accepter de vendre sa compagnie, avait néanmoins posé une condition ultime avant de signer – le nouvel acquéreur ne devait pas être « un coureur de jupons avec plus d'argent que de jugeote », et il devait avoir contracté un lien l'obligeant à filer droit.

Imogen aurait ri de cette clause archaïque en se demandant pourquoi un esprit aussi éclairé que Zeph Diamandis s'y pliait, si elle n'avait été directement concernée par cet accord. Si la compagnie de sa propre famille, au bord du dépôt de bilan alors, n'avait risqué gros elle aussi dans l'affaire…

Le fait que le contrat Avalon ait inclus sa filiale, Callahan Shipping, avait été une motivation supplémentaire pour Zeph qui avait ainsi décoché le coup fatal que redoutaient les Callahan depuis près de vingt ans. Il avait acquis Avalon et de par le fait leur entreprise familiale, celle pour laquelle Imogen avait décroché un diplôme de gestion à la sueur de son front, bravant les critiques de son père.

Au fil des mois précédant la disparition de Zeph, Diamandis Shipping était devenue l'une des plus grandes compagnies du monde appartenant à un particulier.

Avait-il seulement conscience de l'étendue de son pouvoir, cet homme en tongs qui s'inquiétait de son emploi du temps comme le ferait un mari ordinaire épris de sa femme ?

— Si vous voulez tout savoir, j'étais sortie hier soir avec vos… Avec des clients de la compagnie.

Les yeux de Zeph la détaillèrent encore une fois de la tête aux pieds.

— Est-ce dans vos habitudes de vous occuper des clients en dehors des heures de bureau ?

Imogen haussa les épaules.

— Aucun autre membre du conseil d'administration n'était disponible.

La colère la reprit à ce souvenir. Ces honorables messieurs avaient filé dans leurs luxueuses résidences secondaires, lui laissant le soin de gérer seule ces clients particulièrement exigeants.

— Et ces clients, c'étaient des gens si importants ?

— Ils nous donnent du fil à retordre depuis un moment, mais oui, ce sont des gens importants.

Les membres du conseil avaient fait valoir leur supériorité hiérarchique, Imogen étant la plus jeune, bien que directrice générale officielle par intérim en l'absence de son époux de président.

Ils se moquaient bien qu'elle ait mille autres responsabilités à assumer, plus un mari porté disparu à retrouver. Si elle tenait à sécuriser l'accord avec les frères canadiens, qu'elle monte donc au créneau !

Zeph l'observait avec attention sans mot dire. Effarée à l'idée qu'il devine la bataille qu'elle avait dû mener pour tenir son rang dans ce conseil exclusivement masculin plein de mépris à son égard, Imogen se défit des escarpins qui lui massacraient les pieds et s'éloigna vers le bastingage.

Un moment, elle laissa la douce brise matinale lui caresser le corps. Puis, sentant une présence dans son dos, elle se retourna d'un bloc et se retrouva nez à nez avec Zeph.

— Que... Vous avez besoin de quelque chose ?

— En dehors du tableau général que vous vous refusez à me brosser, vous voulez dire ? répliqua-t-il en haussant un sourcil.

— Je ne sais pas de quoi vous parlez.

— Bien sûr que si. Mais laissons cela pour le moment. Dites-moi plutôt comment s'est terminée cette soirée hier.

Imogen soupira. À quoi bon détailler les heures pénibles passées à discuter aimablement avec les jumeaux canadiens qui pensaient que travailler dur les autorisait à s'amuser plus encore par la suite ? Mieux valait aller à l'essentiel.

— Un peu avant l'aube, nous avons trouvé un accord, dit-elle. Le dossier est à présent entre les mains de nos avocats. S'ils donnent le feu vert, nous signerons un contrat substantiel d'ici la fin de la semaine.

Qu'attendait-elle de Zeph ? De l'indifférence ? La froideur clinique qu'il lui réservait d'habitude, peut-être.

Le mélange de fierté et de hargne dans son regard la prit complètement au dépourvu.

— Félicitations, dit-il. J'ai hâte de voir de mes yeux le résultat final. Mais le procédé me semble très discutable.

Imogen haussa les épaules.

— La première règle de la réussite, c'est de soigner l'exécution.

— C'est une citation ?

— Oui. De vous. Dans un article de *Forbes*, dont vous avez fait la une après avoir été élu personnalité de l'année il y a trois ans.

Loin de savourer ces éloges comme tant d'autres l'auraient fait, Zeph fronça les sourcils.

— Êtes-vous en train de me mettre à l'épreuve, *matia mou* ? demanda-t-il, doucereux. Douteriez-vous de mon amnésie ?

Ce n'était pas le cas mais, après réflexion... Peut-être lui avait-elle lancé ses propres mots à la figure pour déclencher une réaction. Car un mari indifférent, c'était une chose ; ce Zephyr Diamandis nouveau, tout aussi énigmatique mais qui exprimait ses émotions, c'en était une autre.

Yiannis... Zeph – quand donc se mettrait-il dans le crâne qu'il n'était plus Yiannis le pêcheur ? – vit Imogen rougir et détourner les yeux. Comme chaque fois qu'elle faisait cela, il sentit une pointe d'angoisse le traverser.

Pourtant c'était une autre émotion qui dominait. Cette petite langue rose qui humectait sa lèvre inférieure dès que la nervosité la gagnait le rendait fou. Il se dit que l'attirance était naturelle après tout, entre mari et femme, n'est-ce pas ? Mais cela sonnait un peu faux.

Bien sûr il était encore sous le choc. Il en était encore à découvrir une vie qu'il avait quittée pendant dix mois. À en croire l'équipage, qui l'avait appelé avec respect et révérence *kyrios* Diamandis, il était bien le patron ici, l'heureux propriétaire de ce yacht magnifique et de nombreux autres biens dans le vaste monde. Mais son instinct lui soufflait qu'il manquait tout un pan de la réalité, enfoui quelque part dans son esprit. Et il n'arrivait pas à passer outre cette impression.

— Je pense que nous ne devrions pas, comment dire...

débattre de choses sérieuses avant que vous ayez subi des examens médicaux, dit-elle enfin.

— Je me sens bien, répliqua-t-il en agitant la main.

Imogen promena les yeux sur lui comme pour s'assurer elle-même de son état de forme, pas impressionnée pour deux sous, contrairement aux membres d'équipage un peu plus tôt. Était-il quelqu'un qui faisait peur ? Il sentit un goût saumâtre lui venir en bouche à cette idée.

— Vous conviendrez qu'un avis médical s'impose, par prudence. À moins que vous n'ayez déjà consulté à Efemia ?

— Petros et Yaya ont veillé à mon rétablissement.

— Donc vous n'avez pas fait de bilan complet ? N'étiez-vous pas curieux de redécouvrir votre personne ?

Voilà que ses yeux erraient de nouveau sur lui. En avait-elle seulement conscience ? Il en doutait, mais l'électricité qu'il avait ressentie au contact de sa main au moment de descendre de la vedette resurgit plus vive encore, réveillant des sensations dont il avait oublié jusqu'à l'existence...

Toutefois, pour reprendre le contrôle de sa vie – et Dieu sait qu'il attendait ce moment depuis que Petros l'avait arraché à une noyade assurée ! – il lui faudrait brider les élans désordonnés de sa libido.

Pour le moment.

— L'attention médicale que j'ai reçue au moment de mon sauvetage a suffi pour me permettre de me rétablir. Ma convalescence a duré quatre mois.

Il songea à l'épouvante des tout premiers jours, alors que la douleur était sa compagne de tous les instants et que les questions de Petros demeuraient sans réponses. Ses paumes devinrent moites, son ventre se contracta.

— Quant à mon état mental...

Il marqua une pause, rechignant sans bien savoir pourquoi à mentionner les migraines qui le prenaient dès qu'il fouillait sa mémoire.

— Vous êtes la preuve vivante que tout vient à point à qui sait attendre.

Imogen écarquilla les yeux.

— Vous comptiez sur... le temps, pour résoudre vos problèmes ?

— À vous de me le dire, *matia mou*, répliqua-t-il avec un petit rire qui parut la surprendre. La patience m'a-t-elle servi par le passé ?

Elle battit des cils et détourna le regard, encore.

— Sans doute, oui, murmura-t-elle.

— Ah ! Vous voyez ? Bien. Mais je consulterai un médecin, si cela peut vous faire plaisir, ajouta-t-il, curieux de sa réaction.

Il ne fut pas déçu. Ses joues s'empourprèrent, et elle se lécha la lèvre avant d'acquiescer.

— Oui... C'est plus prudent.

— Nous prévoirons donc une consultation. Mais d'abord, vous me faites visiter le bateau ?

Elle se redressa et s'éclaircit la voix.

— Soit, dit-elle. Ensuite je vous laisserai vous reposer pendant que je contacterai votre médecin.

Comme elle approchait de lui, il constata que quand elle n'avait pas de chaussures le sommet de sa tête lui arrivait à peine à la poitrine.

Un joli petit lot, songea Zeph.

Une onde de chaleur l'envahit. Il serra les dents. Se reposer ? Il n'en avait aucune envie. Il avait l'impression de se sentir vivant pour la première fois depuis bien longtemps. Pleinement vivant. Et à chaque souffle, il sentait le poids de tout ce qui lui avait manqué.

Il lui emboîta néanmoins le pas sans protester.

Imogen semblait agacée. Bizarrement, cela ne lui déplaisait pas. Il était même tenté de l'énerver un peu plus pour voir rougir encore ses jolies joues et sa poitrine généreuse haleter de colère.

Theós ! Entre son départ d'Efemia et son arrivée sur le yacht, il était devenu un animal méconnaissable.

S'était-il toujours conduit ainsi avec elle ?

Elle appela un ascenseur, et lorsqu'ils entrèrent dans la cabine, un parfum délicat assaillit ses narines. Il le huma avec gourmandise. Le temps que la porte se rouvre, la faim le tenaillait.

Alors qu'ils s'engageaient dans un couloir, il s'arracha avec effort au doux spectacle des petites fesses fermes encore emmaillotées de vert pailleté devant ses yeux, et observa l'espace autour de lui.

Partout, des nuances douces de bois noble sombre, des moulures dorées, du carrelage crème. C'était agréable et si apaisant qu'il se dit qu'il avait sûrement choisi ce décor lui-même. Surtout sur ce yacht baptisé du nom de sa mère.

— Mes parents, dit-il soudain, un peu honteux de n'avoir pas songé à poser la question plus tôt. Sont-ils encore en vie ?

Imogen pila net et le regarda, les yeux pleins d'appréhension, avant de baisser la tête.

Zeph se tendit, pressentant le pire.

— Non, répondit-elle. Je suis désolée. Votre père est décédé il y a une vingtaine d'années, et votre mère peu de temps après.

La nouvelle le terrassa. Il s'obligea à respirer calmement, alors même que mille questions surgissaient dans sa tête.

— Me reste-t-il d'autres parents ? Des frères, des sœurs ?

Il baissa les yeux vers son ventre et ajouta brusquement, sur une impulsion dont la violence le surprit lui-même :

— Avons-nous des enfants, Imogen ?

— Non. Et vous êtes fils unique.

Pas de parents. Pas d'amis dignes de ce nom. Pas de famille... Le gouffre qui s'était ouvert en lui se creusa un peu plus. Il secoua la tête, refusant de s'apitoyer sur lui-même.

— Vous êtes donc mon seul ancrage affectif ?

Imogen ouvrit de grands yeux, comme si cette idée ne lui était jamais venue à l'esprit.

— Je suppose... Par ici, dit-elle très vite, en désignant la porte d'une cabine un peu plus loin dans le couloir.

— Une dernière question. J'ai quel âge ?

— Trente-quatre ans. Trente-cinq le 10 du mois prochain.

Zeph s'octroya un temps pour intégrer l'information, puis, incapable de résister, lui caressa la joue du dos de la main.

— Et vous, ma douce épouse ?

À son soupir tremblant, il comprit qu'il n'était pas le seul à se sentir troublé.

— Moi ? Je... Vingt-cinq ans. J'en aurai vingt-six à Noël.

— Vingt-cinq ? Et vous dirigez une multinationale toute seule tout en recherchant votre mari porté disparu ? Impressionnant !

De nouveau, la stupeur se peignit sur son visage. Elle allait rougir, à coup sûr... Mais elle se referma une nouvelle fois, à son vif regret.

— Merci, dit-elle en se détournant.

Réaction tiède, presque désinvolte. À croire qu'elle ne s'autorisait pas à accepter son compliment.

Il réfléchit à cela tout en pénétrant à sa suite dans une cabine dessinée pour un roi, sur ce yacht auquel il avait donné le nom d'une mère dont il ne parvenait pas à se souvenir et dont le luxe fou aurait fait baver d'envie les gens qu'il avait laissés à Efemia.

Mais ce qui le frappa le plus, alors qu'il saisissait les poignées d'acier bruni du dressing et découvrait des rangées entières de costumes sombres coupés sur mesure, de montres hors de prix et de chaussures cousues main, ce fut la persistance du vide au plus profond de lui. Un vide absolu, dont il soupçonna qu'il ne disparaîtrait pas à supposer même que la mémoire lui revienne, car il habitait aussi le rêve qui venait le hanter chaque nuit ou presque depuis son sauvetage.

Le rêve d'un petit garçon livré à lui-même dans la solitude, la douleur, la dévastation. Et la colère, aussi. Un enfant perdu qui cherche un sens à tout cela avec un désespoir qui réveillait immanquablement Zeph en sursaut, le cœur battant et l'âme nue.

Par réflexe, peut-être pour contrer ces émotions violentes, il se retourna, tendit les mains et, sans réfléchir, s'inclina pour effleurer d'un baiser les lèvres d'Imogen.

Imogen frissonna et porta machinalement les doigts à ses lèvres.

— Que... Pourquoi ? balbutia-t-elle.

— Une expérience, dit Zeph en haussant les épaules. Pour voir si cela me rappelle quelque chose.

Elle recula d'un pas. Puis d'un second. Et se dirigea vers le téléphone posé sur la table de chevet.

— Que faites-vous ?

— J'appelle votre médecin, comme prévu tout à l'heure.

Zeph se rembrunit.

— Si vite ?

— Vous ne souhaitez pas être fixé rapidement ? Vous souffrez d'amnésie, tout de même !

— Et que fera le médecin ? Il me donnera une pilule magique pour restaurer mes souvenirs ?

— Je ne sais pas... Justement, nous ignorons à quoi nous avons affaire. Vous avez sûrement hâte de savoir comment améliorer la situation, non ?

Zeph inclina la tête.

— Êtes-vous réfractaire aux baisers de votre mari au point de recourir à un coup de fil pour vous y soustraire ?

— Quoi ? C'est ridicule !

Elle secoua la tête pour chasser de son esprit le plaisir qui l'avait cisaillée au moment d'accueillir ses lèvres sur les siennes et recouvrer un minimum de bon sens.

— Notre priorité doit être votre santé, dit-elle un ton plus bas. Et non...

Elle se mordit la lèvre et sentit ses joues devenir brûlantes.

— Et non la question de savoir pourquoi ma femme rougit lorsque je regarde ses jambes ? suggéra Zeph. Je l'avoue, j'aimerais mieux creuser cette question plutôt que...

Il agita les doigts vers sa tête et grimaça de frustration.

Imogen reposa lentement le combiné. Zeph semblait vouloir ignorer le problème. Or, c'était absurde. Le magnat implacable qui posait naguère un ultimatum après l'autre, accueillant avec un dédain glacé ses appels à la pitié, serait allé au fond des choses sans hésitation pour comprendre pourquoi il avait perdu dix mois de sa vie...

Dix mois ! Dix longs mois pendant lesquels il avait tranquillement regardé passer le temps sur une île de pêcheurs. Peut-être préférait-il pour de bon se voiler la face. Mais alors, que faire ?

Lorsqu'il l'avait interrogée sur son âge, ses parents, leurs *enfants*, tout en s'intimant de rester méfiante elle s'était adoucie malgré elle, saisie d'une sollicitude assez inattendue. Puis le désir s'en était mêlé. Si elle n'y prenait garde, ce chemin-là conduirait au désastre.

Elle ne pouvait rester à sa merci indéfiniment. Les trois ans de mariage qu'ils étaient convenus de respecter prendraient fin un peu plus d'un an plus tard, et quoi qu'il advienne, elle s'en tiendrait à ses objectifs.

Sans plus hésiter, elle saisit de nouveau le téléphone.

3

Zeph venait de passer trois heures dans sa cabine, et Imogen était sur des charbons ardents. Les questions et les scénarios se bousculaient dans sa tête…

Dix mois sans souvenirs. Et s'ils ne revenaient jamais ? Si l'amnésie dépassait le terme des trois ans durant lesquels elle avait accepté de rester sa femme ?

L'amnésie était-elle seulement soignable ? Ou faudrait-il s'en remettre au hasard ?

S'il ne guérissait pas rapidement, elle allait devoir à un moment ou à un autre tout lui dire, ne serait-ce que pour se libérer de ce lien qui lui avait été imposé. Alors elle pourrait mettre en œuvre son plan pour récupérer la pleine autonomie de Callahan Shipping, compagnie à laquelle elle avait consacré l'essentiel de sa vie d'adulte avant que son père et Zeph lui barrent la route avec ces noces de convenance, et reprendre sa vie en main.

Si elle le faisait, ce Zeph Diamandis tout neuf, respectueux et souriant, s'y opposerait-il ?

Comme si elle n'avait pas assez souffert de vivre sous la coupe d'hommes puissants !

Le voilà qui avançait vers elle d'un pas tranquille sur le pont supérieur, le plus grand du yacht. Imogen s'intima aussitôt de ne pas se troubler à sa vue. En pure perte.

Avait-il toujours eu un physique aussi irrésistible ? Ou

était-ce le mystère de sa disparition qui ajoutait à son charme naturel ?

Leurs regards se croisèrent. Puis il laissa courir les yeux sur elle, et chaque cellule de son corps frémit jusqu'à ce qu'il lui vienne une envie de hurler. De se jeter tête la première dans la piscine, là, au milieu du pont, pour se rafraîchir.

— *Kalispera, glikia mou,* susurra-t-il en s'arrêtant devant elle.

— Euh... Bonsoir. Vous ne vous êtes pas changé ?

Il était encore en short et T-shirt. Imogen fixa ses pieds nus, fascinée. N'avait-elle pas trop pris le soleil ? Seul un coup de chaud pouvait expliquer le charme soudain qu'elle trouvait aux orteils de son mari.

— Rien ne me convenait vraiment dans ma garde-robe.

— Pardon ?

Elle avait perdu l'esprit. Cette fois, c'était une certitude.

Zeph passa les doigts dans sa tignasse en soupirant, offrant un spectacle si grisant qu'un long frisson secoua Imogen. Que lui arrivait-il, bon sang ? Tout portait à croire jusque-là que sa libido avoisinait le néant, les deux relations antérieures à son mariage ayant fait long feu avant d'avoir réellement commencé...

— Tout était gris, noir ou bleu marine là-dedans. Je n'aime pas.

Quelle étrange inversion des rôles ! Imogen se revit débarquant du Texas dans le jet privé envoyé par Zeph pour l'amener à Athènes. Il lui avait à peine jeté un regard, et une armada de stylistes avait fait irruption dans son luxueux appartement. En quelques heures, elle était devenue propriétaire malgré elle des tout derniers modèles et la petite chérie de plusieurs célébrités de la haute couture. Depuis, suivant les instructions de son mari, sa garde-robe était rafraîchie à chaque saison, et de nouvelles étoiles montantes du stylisme se démenaient pour la compter parmi leur clientèle. Ce zèle était une garantie de loyauté – assez pour qu'elle se fie à leur discrétion si elle devait leur présenter une requête à présent, en toute confidentialité.

— Je peux faire livrer une nouvelle garde-robe à l'appartement dès cet après-midi, si vous le souhaitez, proposa-t-elle, impatiente de s'occuper l'esprit pour ne plus penser à tout ce qui l'électrisait chez cet homme.

Il inclina la tête, royal.

— *Nai, efharisto*... L'appartement ? répéta-t-il, perplexe.

— L'hélicoptère est prêt à nous emmener à Athènes. Votre médecin nous retrouvera sur place dans une heure. Tout est réglé.

Une ombre de contrariété passa sur son visage.

— Très bien, soupira-t-il. Vous êtes aux commandes, *gynaika mou*. Pour le moment.

Il avait laissé tomber le « Mlle Callahan ». Imogen se dit qu'il n'y avait pas de quoi se réjouir. Pourtant, pour la deuxième fois depuis qu'il était apparu sur le pont, elle sentit comme des bulles de joie pétiller dans son cœur en s'entendant appeler par un petit nom tendre.

— Autre chose qui vous plairait, avant que nous partions ?

— Merci, mais je commence à me sentir un peu faible. Assez d'agitation, Imogen, finissons-en.

Un bref texto à son styliste pour lancer l'opération garde-robe, et Imogen attrapa son sac à main. À sa stupeur, Zeph lui saisit le coude pour la guider vers l'ascenseur qui les emmènerait vers le pont passerelle où l'hélicoptère les attendait.

Comme les autres membres de l'équipage, le pilote écarquilla les yeux en voyant arriver Zeph et sourit jusqu'aux oreilles avant d'échanger quelques mots en grec avec lui. Pendant tout ce temps Zeph garda les doigts entremêlés aux siens, et à chaque seconde le souffle d'Imogen s'accélérait. La sensation inédite de tenir la main de son mari lui donnait le vertige.

— Rien ne vous oblige à faire ça, vous savez ? balbutia-t-elle tandis qu'ils décollaient, cap au nord vers la capitale.

— Quoi donc ?

Pour toute réponse, Imogen baissa les yeux sur leurs doigts entrelacés.

— Et pourquoi pas ?

— Eh bien... Vous êtes un homme influent, à la tête d'une multinationale qui vaut des milliards, vous avez des propriétés un peu partout sur la planète et vous avez conquis quelques-unes des plus belles femmes du monde. Mais ça... Ça ne vous ressemble pas. Vous n'aimez pas les démonstrations en public. Alors vous n'avez pas besoin de... me tenir la main.

Les yeux de Zeph se mirent à étinceler.

— Je vois une belle femme et une seule devant moi, *eros mou*. Une femme qui porte mon alliance et mon nom. Je suis certain que ce choix s'appuie sur une raison pertinente.

— Que voulez-vous que je vous dise ? répliqua Imogen sans réfléchir. Que nous sommes tombés amoureux au premier regard ?

— Oh ! Je suis prêt à parier que l'attirance était immédiate.

Un son inarticulé échappa à Imogen, qui toussota.

— C'est votre libido qui parle, rien de plus...

— J'espère bien. Sinon je devrai consulter pour des motifs beaucoup plus inquiétants que mon amnésie.

Elle mit un moment à comprendre qu'il plaisantait. Zeph *plaisantait*. Un rire nerveux la secoua, qui se mua vite en fou rire.

Zeph éclata de rire à son tour, pour son plus grand ravissement. Cet humour partagé les enveloppa d'un cocon douillet, tout chaud et si exaltant que le cœur d'Imogen se gonfla de désir.

Deux incontrôlables minutes plus tard, elle s'aperçut que Zeph fixait son visage avec une intensité brûlante.

— Vous avez un rire extraordinaire, Imogen, murmura-t-il.

Le rire mourut aussitôt sur ses lèvres. Un feu de joie s'était allumé entre eux. Les flammes dansaient et lui chatouillaient la peau, les seins, le ventre.

— Et vous êtes encore plus belle lorsque vous êtes excitée.

Imogen secoua la tête pour se défendre de ces mots enjôleurs.

— Nous nous éloignons du sujet !

— Je dirais que nous sommes pile dessus, au contraire.

Elle était encore tout émerveillée lorsqu'ils atterrirent sur le toit d'un immeuble de luxe près de Kifisia, dans la banlieue chic d'Athènes.

Comme elle l'avait fait avec l'équipage du yacht, Imogen avait informé le personnel du retour du patron et leur avait recommandé la plus grande discrétion, si bien que seuls Despina, la gouvernante d'une soixante d'années, et deux majordomes les accueillirent sur le seuil de l'appartement.

Despina qui connaissait Zeph depuis sa naissance s'élança vers lui, les larmes aux yeux. Un torrent de mots grecs lui échappa, et de nouveau Imogen vit Zeph sourire et même autoriser cette femme à l'embrasser sur les joues. Lorsqu'elle s'éclipsa enfin sur la promesse enthousiaste de revenir avec leurs rafraîchissements préférés, le plus vieux des deux majordomes déclara posément :

— Le médecin vient d'arriver, *kyrios* Diamandis. Il vous attend au rez-de-chaussée.

Zeph hocha la tête. La concentration affûtée qui se peignit sur ses traits ressemblait tant à celle du Zeph d'avant qu'un frisson parcourut Imogen tandis qu'elle le précédait dans l'escalier, puis dans le couloir tendu de papier peint gris tourterelle jusqu'au vaste salon décoré dans des tons blanc et gris.

— Quelque chose ne va pas ? lui demanda-t-il de sa belle voix grave.

— Je me demandais si cette pièce vous rappelait quelque chose.

Il regarda autour de lui, les mains dans les poches, avec cette tranquille assurance qui ne cessait d'étonner Imogen au vu du contexte.

— Non... Mais ce n'est pas ce qui vous tracasse, je me trompe ?

Pas moyen de lui avouer que le bref aperçu de l'ancien Zeph

lui avait valu une bouffée d'angoisse. Imogen se raccrocha au sujet le plus préoccupant du moment.

— J'ai toute confiance dans votre personnel, mais nous ne pourrons pas garder très longtemps secrète la nouvelle de votre retour. Une semaine tout au plus, je dirais.

Zeph réfléchit un instant.

— J'ai une équipe chargée des relations publiques, je présume.

— Bien sûr.

— Organisez-moi une réunion. Je leur expliquerai comment je compte gérer la situation.

Zeph avait enfilé de nouveau le costume de magnat tout-puissant avec une aisance remarquable, pour un homme ignorant tout de son passé. Sans doute était-il né avec cet instinct de commandement dans les veines.

Mais alors, songea Imogen, qui était cet homme qui plaisantait et riait avec elle dans l'hélicoptère ? Une facette de Zeph Diamandis longtemps enfouie et revenue à la surface ? Ou un égarement temporaire ?

Sa préférence allait à la première hypothèse, et elle se détestait pour cela. Elle n'avait aucun droit de souhaiter quoi que ce soit concernant cet individu. Sa concentration devait aller tout entière vers son avenir et sa liberté retrouvée, une fois affranchie de ce lien conjugal stérile et forte du contrôle total de sa compagnie.

Gardant cela fermement à l'esprit, elle tenta de rester imperturbable en dépit du regard de Zeph rivé sur elle, tandis qu'elle rédigeait un mail à l'intention du responsable des relations publiques afin qu'il convoque toute l'équipe en fin d'après-midi.

À son vif soulagement, Despina fit son entrée sur ces entrefaites, accompagnée de deux domestiques chargés de plateaux généreusement garnis de victuailles.

— Je vais chercher le médecin, dit aussitôt Imogen.

— Vous pouvez fuir tant que vous voudrez, dit Zeph tandis qu'elle s'éloignait. Je vous rattraperai toujours !

La douceur diabolique de sa voix fit presque vaciller Imogen, qui se garda de se retourner. Elle avait trop peur de croiser son regard. Décidément cette nouvelle version de son mari semblait très portée sur ce que l'ancienne rejetait avec mépris – toute connexion physique entre eux.

Accélérant le pas, elle se promit de surmonter ce trouble très nouveau et particulièrement malvenu que son époux éveillait chez elle. Zeph devait rester à bonne distance à tout prix.

Facile à dire…

Tout de même, elle n'était pas allée aussi loin, elle n'avait pas consenti à autant de sacrifices pour échouer misérablement alors que l'objectif était à sa portée !

Une fois introduit dans le salon, le médecin ne cacha pas sa stupeur en arrivant devant son patient. Il lui serra la main et, comme l'équipage du yacht et le personnel de maison avant lui, il se mit à parler en grec à toute vitesse.

Puis, par respect pour Imogen, il passa à l'anglais.

— Je suis si heureux de vous voir vivant et en forme, *kyrios* Diamandis !

Zeph hocha la tête, et son sourire, bien qu'un peu moins franc, demeura en place.

— Entre nous, j'aurais préféré que cette consultation ne soit pas nécessaire.

— *Nai,* moi aussi, dit le médecin. Nous ferons tout pour assurer votre rétablissement complet. Votre épouse m'a dit au téléphone qu'elle n'avait détecté aucun signe de défaillance.

Le regard de Zeph s'attarda quelques secondes de trop sur Imogen, qui se mordilla la lèvre.

— Elle a raison. Je me sens bien.

Sur un signe du médecin, ses deux assistantes avancèrent avec des mallettes. Imogen y vit le signal qu'elle devait se retirer, mais la voix de Zeph coupa net son élan.

— Restez, Imogen.

L'ordre vibra jusque dans ses veines.

Elle se dit que ce caprice de puissant l'agaçait. Difficile de lui désobéir en présence de témoins…

Mais lorsqu'il lui prit la main pour la retenir près de lui, elle comprit qu'elle était restée parce que ce Zeph-là continuait de la charmer avec une assurance tranquille. C'était un tel soulagement ne plus être l'objet de son indifférence ou de sa rancœur glaciale !

Le médecin se tourna vers elle.

— S'il vous plaît, *kyria* Diamandis, racontez-moi les circonstances de vos retrouvailles. Ce sera utile pour définir le traitement le mieux adapté.

Imogen rassembla ses souvenirs – bon sang ! l'incident avait-il vraiment eu lieu le matin même ? Les yeux de Zeph se mirent à briller, comme s'il s'amusait de son hésitation.

— Ce n'était rien de spectaculaire, dit-elle enfin en haussant les épaules. Mon mari se trouvait dans la chapelle d'un petit village grec en compagnie d'autres personnes auprès desquelles il avait trouvé refuge depuis sa disparition. Il ne m'a pas reconnue lorsque je lui ai dit que j'étais sa femme, mais il a fini par… m'accorder le bénéfice du doute.

Si le médecin espérait un récit croustillant de son irruption dans l'église telle une héroïne de *telenovela* au moment où son mari s'apprêtait à en épouser une autre, il en serait pour ses frais.

Zephyr Diamandis avait beau être un des hommes les plus riches du monde, il protégeait jusque-là son intimité avec un zèle inouï, son équipe de relations publiques se chargeant de sécuriser la chose sans compter ses heures supplémentaires. En outre Imogen n'avait aucune envie de se retrouver embarquée dans un cirque médiatique.

Le médecin hocha la tête et procéda à l'examen de Zeph – lequel la fixait toujours sans dissimuler son intérêt, comme s'ils étaient seuls dans la pièce.

— Quel est votre dernier souvenir avant ces dix derniers mois, *kyrios* Diamandis ?

Là, enfin, Zeph redevint sérieux et se concentra.

— Je suis assis sur le seuil d'une maison. J'entends parler grec autour de moi, je suppose donc que c'est ici quelque part en Grèce, mais je peux me tromper. J'attends quelqu'un, mais qui ?

Il haussa les épaules, affectant une insouciance dont il était permis de douter.

— Je fais aussi des rêves récurrents où se rejoue cette même scène, si bien qu'il s'agit peut-être d'un souvenir né d'un rêve plutôt que de l'inverse.

Le médecin vérifia du coin de l'œil que son assistante prenait bien des notes sur sa tablette, sans voir qu'Imogen s'était subitement figée.

— Reconnaissez-vous la personne que vous attendez lorsqu'elle arrive ? demanda-t-il.

— Elle n'arrive jamais.

Le cœur d'Imogen bondit dans sa poitrine. Elle serra les mains sur ses genoux pour les empêcher de trembler et déglutit, tandis que les mots lancés un jour par Zeph d'une voix rageuse résonnaient dans sa tête.

À cause de la cupidité de votre famille, j'ai perdu mon grand-père puis mon père. J'étais assis sur le seuil de la maison à attendre sous la pluie un père qui n'est jamais revenu. Soyez heureuse que je réclame seulement un mariage pour sécuriser cet accord et non la loi du talion, mademoiselle Callahan !

Imogen sentit sa gorge se nouer lorsqu'elle vit Zeph porter la main à sa tempe. C'était le premier signe inquiétant sur son état de sa santé depuis leurs retrouvailles.

— Il est impératif que vous ne tentiez pas de forcer vos souvenirs, dit calmement le médecin en le fixant par-dessus ses verres à double foyer. Si un d'eux vous donne mal à la tête, abstenez-vous de le solliciter. Cela vaut pour vous également, *kyria* Diamandis. S'acharner à raviver la mémoire de votre mari peut aggraver la situation.

— Si je comprends bien, dit Zeph, il n'y a strictement rien à faire ?

Imogen se crispa un peu plus, bataillant entre l'espoir et l'appréhension. Si elle souhaitait sincèrement que l'état de Zeph s'améliore, elle redoutait le moment où il lui faudrait affronter l'ancienne version de son époux. Non qu'elle n'en ait pas les capacités - en tenant tête au conseil par la force des choses et en maintenant à flot un conglomérat de cette envergure, elle s'était découvert des nerfs d'acier dont elle était assez fière. Elle n'en avait pas envie, voilà tout. Pas maintenant.

Le poids des secrets serait lourd à porter. Qu'à cela ne tienne, elle aspirait à voir Zeph rester tel quel, tout aussi puissant qu'avant mais moins... féroce, ne serait-ce que pour son bien à lui. Cette pensée lui causa un brin de remords, qu'elle rejeta en grimaçant.

Le médecin affichait une mine contrite.

— L'amnésie rétrograde, mal dont vous souffrez, disparaît d'elle-même avec le temps. Voilà dix mois que vous vivez avec. Personne ne peut dire combien de temps encore elle durera.

— Un jour à la fois, cela me convient. Mais des milliers de questions me trottent dans la tête. Il y a des choses que j'insisterai pour savoir, docteur, migraine ou pas. Je préfère vous prévenir.

Les mots étaient légers, mais le ton implacable. Et ses yeux ne quittaient pas Imogen.

— Dans ce cas, dit le médecin, je vous suggère de procéder avec prudence et un minimum de stress. Vous avez retrouvé un monde familier, des personnes qui vous connaissent depuis longtemps. Cela, en soi, est un bon départ.

Zeph eut un petit rire.

— Un minimum de stress... Pas si simple !

— Alors je plaide pour des contrôles réguliers. Une fois par semaine, peut-être.

Imogen acquiesça aussitôt.

— Nous ne bougerons pas d'ici, nous pouvons donc nous organiser pour...

— Non, la coupa Zeph d'une voix douce, nous ne pouvons pas.

Elle le regarda, étonnée.

— Pour quelle raison ?

Il haussa les épaules et promena le regard autour de lui.

— La vie sur le yacht me plaît. J'aimerais en faire ma résidence principale, au moins pour un temps.

— Mais j'ai besoin d'être à Athènes... Mon travail... Je ne peux pas l'abandonner pour aller vivre en mer...

— D'après ce que j'ai pu constater, vous avez tout ce qu'il vous faut pour travailler à bord. Nous continuerons ainsi.

Imogen faillit répliquer qu'il ne pouvait pas débarquer ainsi dans sa vie et tout chambouler... Mais ce serait mentir. Elle avait repris le flambeau puisque son nouveau nom de famille l'exigeait. Elle avait encore la responsabilité de poursuivre l'œuvre de Zeph – ne serait-ce que pour mener à bien le seul projet qui lui tenait réellement à cœur, sa libération promise un peu plus d'un an plus tard.

— Si c'est là que *kyrios* Diamandis se sent le mieux, déclara le médecin comme elle gardait le silence, je préconise de l'écouter.

Bien que le yacht soit superbe et spacieux, Imogen ne put s'empêcher de se sentir prise au piège, et la panique l'envahit.

Athènes lui offrait la sécurité dans son bureau, mais aussi dans l'appartement privatif aménagé spécialement pour elle dans cet immeuble. Ici, ils avaient vécu des vies séparées, se voyant rarement, sauf lorsqu'un événement mondain par exemple nécessitait leur présence conjointe. Chaque semaine, Zeph voyageait pour ses affaires, tandis qu'elle travaillait d'arrache-pied pour consolider les bases de Callahan Shipping.

Dix mois plus tôt, c'était un de ces événements mondains qui les avait réunis sur le yacht, ce week-end fatidique...

— C'était déjà dans vos habitudes, n'est-ce pas, *kyria* ?

Elle battit des cils et regarda le médecin.

— Pardon ?

Le vieil homme sourit.

— Zephyr lui-même m'a dit plus d'une fois par le passé que le yacht était son endroit préféré pour se détendre.

Cette réflexion parut surprendre Zeph autant qu'elle.

— Je vous ai dit cela ? demanda Zeph.

Le médecin esquissa un petit sourire.

— Je vous ai conseillé quelquefois de ralentir le rythme, à la faveur d'un de vos contrôles bisannuels. Et l'impression que j'ai eue, c'est que le yacht était l'invitation à la détente la plus attrayante pour vous.

Le regard intense de Zeph revint vers Imogen.

— Alors, c'est décidé.

Imogen ouvrit la bouche pour protester... et la referma aussitôt. La moindre objection de sa part aurait semblé être une critique envers le seul moyen susceptible de favoriser la guérison de son mari. En outre Zeph avait été très clair en posant ses conditions pour leur mariage de convenance – ils devaient apparaître comme un vrai couple aux yeux du public, et toute démonstration d'animosité serait considérée comme une violation du contrat.

En laissant son époux à peine revenu d'entre les morts se débrouiller seul sur le yacht tandis qu'elle resterait à Athènes, elle passerait pour une sans-cœur.

Et puis tôt ou tard, sa mémoire reviendrait. Elle se battrait alors bec et ongles, bien sûr, pour conserver l'autonomie conquise en son absence, mais mieux valait ne pas aggraver son cas en s'opposant à lui à cet instant.

— Je vais devoir prendre mes dispositions, mais si cela peut vous faire du bien, nous retournerons sur le yacht, dit-elle.

Une lueur de triomphe passa dans le regard de Zeph. Elle s'efforça de rester sereine et se tourna vers le médecin.

— Y a-t-il autre chose à savoir ?

— Non. Je vous invite simplement à la patience. Nous allons procéder à quelques analyses sanguines. Il faudra ensuite surveiller l'évolution, rien de plus.

— Je pense que ma femme a très envie de me retrouver, commenta Zeph.

À ces mots, Imogen sentit son pouls s'accélérer, et une onde de chaleur déferla dans ses veines. Alors seulement elle s'aperçut qu'elle se tordait les mains. Elle se leva, essuya ses paumes moites sur ses cuisses et se força à sourire en évitant de regarder son mari.

— Je vous laisse. J'ai des appels à passer avant de repartir.

Une fois dans le couloir, elle se sentit suivie et se retourna vivement.

— Un petit baiser, avant de partir ? murmura Zeph.

D'abord stupéfaite, Imogen se reprit aussitôt. Sa surprise l'aurait trahie. Mais le jeu prenait peu à peu une tournure plus sérieuse que prévu. À en juger par les yeux brillants de Zeph, cette proposition semblait plutôt être un test pour sonder la profondeur de leur relation.

Et s'il connaissait les règles mieux qu'il ne le laissait croire ? S'il jouait avec elle ? Mais alors... Dans quel but la faire souffrir plus encore ?

Il lui caressait le dos de la main. Son regard aussi insistait.

Donne-moi ce que je veux.

Elle avait conscience d'éveiller ses soupçons à force d'hésiter ; or, ce n'était vraiment pas le moment. Alors, le ventre noué, tremblant à l'idée de faire le premier pas sur un chemin pavé d'embûches et à l'issue incertaine, elle se laissa aller contre lui et effleura ses lèvres d'un baiser.

La légèreté s'arrêta là.

Avant qu'elle ait pu s'écarter, une main ferme se posa sur sa nuque. Zeph lui lécha minutieusement les lèvres avant d'y poser les siennes. Son ventre se contracta sous la puissance de cet assaut voluptueux. Elle s'entendit geindre, et Zeph émit en réponse un grognement assourdi dont l'écho résonna partout dans son corps.

Sa cervelle était encore en chute libre lorsqu'il la relâcha. Les yeux affûtés de Zeph s'arrêtèrent sur son visage, puis sur ses lèvres frémissantes qu'elle humectait machinalement. Elle avait son goût dans la bouche, dans le sang, il se diffusait dans tous ses sens.

Et… Oh ! Seigneur… Elle en voulait encore.

Cette pensée traîtresse la fit presque vaciller. Elle détourna le regard pour dissimuler sa frustration et le planta là.

— Revenez-moi vite, *glikia mou* !

Il s'amusait avec elle. Elle en était sûre désormais.

Elle traversa au pas de course leurs appartements mitoyens jusqu'à son bureau. Une fois assise à sa table de travail, elle inspira à fond dans l'espoir d'apaiser le tourbillon d'émotions qui l'assaillaient. Et réduisit aussitôt ces efforts à néant en portant les doigts à sa bouche.

Bon sang ! Ce baiser.

Non, elle n'y penserait pas. Avec ou sans amnésie, Zeph restait le même homme, au fond. Elle avait repéré quelques traits caractéristiques qu'elle n'avait pas oubliés. Comme ce regard obstinément rivé sur elle…

Si elle était perturbée, c'était parce qu'ils avaient passé un certain temps ensemble, ce qui ne leur arrivait presque jamais auparavant. Tôt ou tard il finirait par s'ennuyer. Et sa mémoire referait surface. Alors elle serait enfin libre.

Mais… Si sa mémoire ne lui revenait pas ?

Ravalant son appréhension, Imogen prit son téléphone.

Dix minutes d'échange avec son assistante personnelle lui suffirent pour s'assurer qu'elle aurait le nécessaire pour travailler sur le yacht. Un soupir lui échappa. Il était ridiculement facile de déraciner sa vie pour l'adapter à une situation promise à une tempête des plus violentes.

Distraite, lors de l'appel suivant elle s'aperçut avec un temps de retard qu'elle avait activé la vidéo. Un visage familier était déjà apparu à l'écran.

— Bonsoir ! J'allais vous envoyer un mail, dit Noah Emery.

Le sourire d'Imogen s'élargit. Son adjoint chez Callahan s'était révélé d'une aide précieuse durant les dix mois précédents et continuait de l'être.

Américain comme elle, et doté d'un solide physique de quarterback... Elle avait réussi à le débaucher chez un concurrent lorsqu'il était devenu clair que la gestion de Callahan Shipping en plus de celle de Diamandis confinerait à l'impossible sans une personne compétente pour la seconder.

— Contente de vous épargner cette peine.

Il acquiesça, souriant, sans que bouge un seul de ses cheveux blonds à la coupe impeccable. Tout l'opposé des boucles délicieusement désordonnées de Zeph...

Imogen repoussa rapidement cette image importune.

— Je voulais vous féliciter pour le contrat canadien, dit Noah. J'ai vu le mémo que vous avez adressé à nos avocats ce matin.

— Merci. Espérons que les jumeaux ne nous mettent pas d'autres bâtons dans les roues d'ici sa mise en œuvre.

— En effet. En attendant j'espérais discuter avec vous de certaines activités de Callahan. Êtes-vous libre au déjeuner ? Votre assistante m'a dit que vous travailliez à l'appartement. J'attrape un en-cas en passant et je vous rejoins ?

À ce moment précis, Zeph apparut sur le seuil.

Il ne fit pas mine d'entrer, se bornant à s'appuyer contre le montant de la porte, quatre doigts glissés dans chaque poche dans une attitude de charmeur décontracté qui assécha instantanément la gorge d'Imogen.

Et cette façon qu'il avait de la manger des yeux ! Comme

si elle était la chose la plus intéressante à des kilomètres à la ronde. Ou une cible à surveiller comme le lait sur le feu...

Ce regard intense, si singulier, lui coupait tous ses moyens. Pas besoin de fouiller ses souvenirs pour savoir qu'elle n'avait jamais connu quoi que ce soit d'approchant. À chaque étape de sa vie, elle avait dû au contraire se battre pour exister. Être vue, entendue. Le plus souvent sans succès.

Le jour où elle avait découvert, lors d'un échange entre invités avinés au terme d'un week-end de chasse exclusivement masculin au Texas, tous la croyant déjà au lit, que son père s'était attendu à voir naître un mâle Callahan, elle était restée abasourdie. Et blessée. Les hasards de la biologie, son père n'en avait que faire. Sa position n'avait jamais varié. Si elle était née fille, c'était sa faute à elle !

Alors oui, Imogen savait ce que c'était d'être isolée, ignorée, rejetée parce que décevante, puis sacrifiée à la première occasion tel un pion sans valeur.

— Imogen ?

Elle détacha à regret les yeux de l'homme sur le seuil de son bureau pour fixer de nouveau son écran.

— Impossible. J'ai un programme chargé aujourd'hui.

— Oh ! D'accord. Demain, alors ? Il y a un nouveau chef à The Hydra. Je sais que vous appréciez leur carte.

— Je vais travailler un moment à l'extérieur, Noah. Je resterai joignable par mail ou téléphone en cas de besoin.

Son adjoint fronça les sourcils, un peu inquiet.

— Est-ce que tout va bien ?

Zeph avança lentement dans la pièce.

— Tout va bien, répondit Imogen avec un sourire contraint. Je reviens vers vous dès que j'aurai parcouru mon courrier.

Là-dessus, elle raccrocha non sans une pointe de culpabilité.

— Encore un client exigeant ? s'enquit Zeph.

— Non... Noah n'est pas un client, c'est un collaborateur chez Callahan Shipping.

Les yeux bleu nuit de Zephyr se plissèrent.

— Un collaborateur qui s'invite à déjeuner au pied levé ?

— Je travaille du matin au soir, le plus souvent. J'ai appris à rester souple.

— Et il est déjà venu ici à l'appartement, semble-t-il. Votre souplesse est remarquable.

— Noah est un atout précieux.

— Vraiment ? Expliquez-moi, dit Zeph, qui s'approcha encore pour poser une fesse sur un coin du bureau.

Imogen batailla pour ne pas lorgner la cuisse fuselée à portée de sa main.

— Pourquoi voulez-vous savoir ?

Toute trace d'humour disparut de son sourire.

— Je n'ai pas passé trois heures à me *reposer* ce matin sur le yacht. Après presque un an à gérer des blancs, vous comprendrez, j'en suis sûr, à quel point il est difficile de résister à la curiosité. J'ai pu me faire une idée de nos affaires. Alors si Noah travaille pour Callahan Shipping, compagnie semi-autonome dont il se trouve que je suis propriétaire, il est techniquement mon employé. Répondez à ma question, Imogen.

Elle déglutit difficilement, sans bien savoir pourquoi elle était aussi à cran.

— C'est un grand professionnel. J'ai eu de la chance qu'il accepte de quitter les États-Unis pour venir m'aider à diriger la compagnie à Athènes. Il est passé par Harvard, ajouta-t-elle comme Zeph gardait le silence. Et sorti major de sa promotion.

Le visage de son mari n'exprimant qu'un ennui profond, Imogen se mordilla la lèvre.

— Vous… vous savez ce qu'est Harvard, n'est-ce pas ?

— Étonnamment, oui.

— Alors… ?

— Vous voulez savoir pourquoi les états de service de votre petit protégé ne m'impressionnent pas ?

— Noah n'est pas mon petit protégé !

— Ah ? L'amnésie n'empêche pas de détecter la flatterie, vous savez.

Son ton était amusé, mais tranchant. Un peu comme sur le yacht lorsqu'il avait évoqué sa sortie en boîte de nuit.

Une légère décharge électrique la parcourut. Elle préféra ne pas se demander pourquoi.

— Je ne sais pas de quoi vous parlez, rétorqua-t-elle.

Il se leva, les lèvres pincées.

— Le pilote nous attend. Il est temps d'y aller.

— Quoi… Vous voulez déjà repartir ?

— Je ne vois aucune raison de m'attarder ici.

— Mais… Les tenues que j'ai commandées pour vous sont en chemin. Vous ne voulez pas vous changer ?

— Vous avez un problème avec celle que je porte ?

À ces mots les yeux d'Imogen – les traîtres ! – balayèrent la silhouette de Zeph.

— Oui… Enfin, non, mais… Je pensais que vous auriez trouvé quelque chose ici…

— Ce n'est pas le cas. Toutefois, j'ai fait une curieuse découverte.

— Quoi donc ? demanda-t-elle avec hésitation.

— J'ai eu une impression pendant notre visite du yacht, et il semble qu'elle se précise. Nous ne dormons pas dans la même chambre. Nous ne vivons même pas dans le même appartement. Pourquoi donc, *matia mou* ?

Sa voix était si lugubre qu'elle lui donna la chair de poule, lui rappelant, s'il en était besoin, que cet homme n'était qu'une autre facette du Zeph qu'elle connaissait.

Elle s'humecta les lèvres, et les yeux bleu nuit de Zeph s'assombrirent un peu plus. Toute hésitation serait perçue comme une dérobade, elle le savait. Elle choisit ses mots avec soin.

— C'était votre idée, dit-elle. Vous voyagiez beaucoup pour vos affaires. Et vous étiez habitué à votre espace. Cet appartement était disponible. Il ne nous a pas semblé nécessaire de changer l'ordre des choses.

Zeph parut contrarié.

— Depuis combien de temps étions-nous mariés lorsque nous avons été séparés ?

« Lorsque nous avons été séparés. »

Comme si sa disparition avait été un crève-cœur, et non qu'un mystère glaçant ! Elle avait même été soupçonnée du pire avant que les autorités la déclarent innocente.

— Un peu plus d'un an, murmura-t-elle.

— J'ai donc laissé une jeune mariée derrière moi ?

Pourquoi ces mots la firent-ils rougir, elle, la fille d'un Texan décomplexé qui avait une vision arriérée des femmes au point d'oublier jusqu'à leur existence, jusqu'au moment où elles pouvaient servir à quelque chose ?

— J'ai beaucoup à rattraper, dans ce cas. J'ai hâte, si vous saviez ! Sommes-nous partis en lune de miel ?

— Non.

— C'est bien ce que je pensais. Alors le mieux serait de commencer par là, il me semble.

4

Très vite, dans cet étrange environnement qu'était sa nouvelle réalité, Zeph avait décidé de se fier à son instinct. Bien sûr, d'autres facultés chez lui se révélaient utiles parfois. Ainsi sa logique, son sens de l'observation et sa vision stratégique avaient transformé en quelques mois la modeste affaire de Petro – deux bateaux à peine et une activité au ralenti – en une entreprise de pêche de dix bateaux en pleine croissance. Voilà pourquoi, entre autres, le vieil homme tenait tant à le garder auprès de lui et avait poussé sa fille vers un engagement pour lequel elle n'était pas tout à fait prête.

Ces mêmes facultés lui avaient permis de deviner qu'Imogen ne lui disait pas toute la vérité sur leurs petits arrangements, et même peut-être sur leur vie conjugale en général. La lune de miel en revanche, il n'y songeait pas une seconde avant de prononcer ces mots, qui lui étaient venus sur une impulsion. Et la stupeur de sa femme, aussitôt dissimulée derrière un sourire qui ne trompait personne, aviva encore son besoin d'éclaircir les zones d'ombre entourant leur mariage. Au diable les conseils du médecin ! Il se connaissait assez pour savoir qu'il n'était pas homme à rester sagement assis à attendre que la chance lui sourie.

Avait-il hérité ce trait de caractère de sa mère, de son père ? D'un grand-père, sinon ? Et qui le lui confirmerait désormais, puisqu'il n'avait plus aucune famille ? Il était alors aussi perdu qu'il l'était vingt-quatre heures plus tôt.

Un problème à la fois, décida-t-il. Pour le moment, que lui disait son instinct ? Que cette femme devant lui détenait la clé de toute l'énigme.

La voyant passer par une kyrielle d'émotions, il décida de pousser son avantage.

— Sinon, vous pourriez tout me dire, dit-il, enjôleur.

— T... tout ? répéta-t-elle avant de froncer les sourcils, comme si elle détestait les tremblements de sa voix.

Ce n'était pas le premier signe d'agacement envers ses petits défauts qu'il détectait. Il n'avait pas besoin de souvenirs précis pour savoir qu'il était fait de la même étoffe. Cela expliquait peut-être qu'ils s'attirent mutuellement.

— Je ne suis pas certaine de comprendre...

— Ah ?

Comme elle secouait la tête, Zeph fit intérieurement le vœu que le nœud retenant ses cheveux se délie. Il avait une folle envie d'enfouir les doigts dans ces boucles brillantes. C'était assez inquiétant. Comme un peu plus tôt, l'envie de l'embrasser encore lorsqu'elle avait quitté le salon, refrenée à grand-peine. Il avait déjà eu toutes les peines du monde à se détacher d'elle après leur baiser...

Alors, pourquoi résister ?

Elle était sa femme, après tout, non ?

Peut-être savourait-il par avance la suite. Avait-il fait preuve d'autant de retenue par le passé ? Ou était-ce autre chose de moins... convenable ?

Depuis son retour d'Efemia, elle l'avait à peine touché. Un bref éclair de jalousie dans la chapelle, en le voyant prêt à s'unir à une autre, et puis plus rien. Tout était sous contrôle. C'était très décevant. Surtout à la lumière de son propre haut-le-corps lorsqu'il avait surpris ce jeune blanc-bec en train de proposer à son *épouse* un déjeuner en tête à tête.

Il y avait entre eux une distance indéniable. S'il n'avait

aucun souvenir de ses précédentes relations, tout portait à croire qu'un couple heureux en ménage ne faisait pas chambre à part. Ou cabine à part sur un yacht privé.

Alors qu'Imogen s'apprêtait à répondre, encore par le déni sans doute, avec une excuse quelconque pour se défiler, Zeph prit les devants.

— Je n'ai pas encore eu le courage de lancer une recherche à mon sujet sur Internet, mais j'en ai suffisamment appris sur mes pratiques professionnelles pour savoir que je n'ai rien contre les négociations serrées. Est-ce là ce qui s'impose maintenant, *matia mou* ? Ou ma femme viendra-t-elle avec moi de son plein gré ?

Il tenta d'ignorer son léger tressaillement, comme chaque fois qu'il évoquait leur mariage. Quelle importance ? Il avait tout le temps de se pencher sur ce mystère – pourquoi cette femme, qui éveillait sa curiosité et un désir charnel qu'il n'avait éprouvé pour aucune autre ces dix derniers mois, le regardait avec un mélange de méfiance et d'appréhension ?

Il se rembrunit soudain. Il ne l'avait tout de même pas... frappée, par le passé ?

Qu'elle réponde oui, franchement, à sa proposition, enfin ! Alors le malaise diffus qui le déboussolait par moments se dissiperait.

— J'ai déjà dit que je viendrais sur le yacht avec vous, murmura-t-elle, les yeux fuyants. Mais une lune de miel n'est pas nécessaire, après plus d'un an et demi de mariage.

Le malaise de Zeph s'aggrava au lieu de disparaître. Il hocha la tête, vaincu, et s'intima d'y aller doucement à l'avenir.

— C'est un peu court pour devenir un vieux couple qui sombre dans l'ennui, fit-il remarquer. Étions-nous séparés, Imogen ?

— Non, répondit-elle après une brève hésitation.

— Bien ! dit-il, la main tendue. Nous irons à contre-courant, et célébrerons notre deuxième anniversaire de mariage et notre lune de miel en même temps. Vous venez ?

Elle fixa sa main comme si c'était un serpent venimeux sur le point d'attaquer. Zeph serra les dents.

Patience.

Une éternité plus tard, elle s'approcha pour glisser la main dans la sienne.

Et l'explosion supersonique se reproduisit. Il en sortit tout secoué.

La première fois, il l'avait mise sur le compte de son imagination exubérante. Puis il avait minimisé l'effet de leur baiser, cette fièvre qui avait embrasé ses veines et réveillé ses ardeurs masculines.

À présent il savait que ce n'était pas une illusion.

Sa libido était bel et bien très active, exaltée par cette femme énigmatique à laquelle il avait donné son nom, mais qui n'avait rien d'une épouse heureuse d'avoir enfin retrouvé son mari.

Peut-être était-ce un levier, plutôt qu'un obstacle. Ou tout au moins une façon agréable de passer le temps en attendant que reviennent ses souvenirs. Zeph ravala un soupir. À ce stade, il commençait à accepter l'idée qu'aucune option n'était exclue. Et s'il fallait séduire sa propre femme pour dévoiler le côté encore obscur de sa vie… qu'il en soit donc ainsi !

Où avait-elle donc la tête, en acceptant une lune de miel avec Zeph ?

Qu'est-ce que cela supposait, d'abord ?

Eh bien, pour commencer, son mari n'était visiblement pas prêt à lui lâcher la main. Ses efforts discrets pour la retirer avaient été subtilement réduits à néant au moment des adieux au personnel de maison, dont une Despina en pleurs, tout comme lorsqu'ils étaient montés à bord de l'hélicoptère.

La nouvelle donne incluait aussi, apparemment, de la fixer d'un regard sombre, ce qu'il fit pendant tout le trajet vers le yacht. Dieu merci, à sa descente de l'appareil, elle parvint enfin à quitter sa poigne électrisante et inspira profondément.

Puis elle entra aussitôt en action, pianotant à toute vitesse sur son téléphone pour répondre à ses mails.

Sentant une fois de plus peser sur elle le regard de Zeph, elle se décida à relever les yeux.

— Une petite faim peut-être ? lança-t-elle. On doit pouvoir vous préparer un petit quelque chose.

Zeph esquissa un sourire.

— Vous semblez déterminée à me faire prendre des kilos. En ai-je besoin ?

— Hein ? Non, bien sûr que non... Je sais que les Grecs aiment avoir des en-cas sous la main à toute heure, voilà tout.

— Le flot continu de *mézé* finit par me lasser. Lorsque j'aurai faim, vous serez la première à le savoir, *eros mou*.

Un nouveau petit nom, encore ! Le cœur d'Imogen battit un peu plus vite. Elle vivait en Grèce depuis assez longtemps pour en connaître quelques-uns, et celui-là portait des connotations très... très directes.

Amour. Désir. Corps à corps...

Toutes ces choses qu'un mari énamouré n'hésiterait pas à offrir sans compter à sa femme pendant leur lune de miel.

Les doigts d'Imogen se crispèrent sur le téléphone. Sa peau s'échauffait, ses seins se tendaient. Et tout au bas de son ventre... Seigneur ! Avait-elle jamais ressenti un désir aussi violent ?

Au tout début de leur mariage, elle n'était pas insensible, bien sûr, au charme ébouriffant de Zeph Diamandis, mais son indifférence l'avait glacée, à force. Elle avait réussi sans trop d'efforts à étouffer dans l'œuf les moindres embryons de désir avant qu'ils prennent une ampleur dont ni l'un ni l'autre ne voulait.

Cette nouvelle version de son mari, en revanche, l'hypnotisait. Sa seule présence suffisait à l'enflammer et à troubler sa raison, affolant son cœur de désir.

Elle s'efforça de respirer calmement pour ne pas lui montrer à quel point il l'affectait. Seulement lui, de son côté, semblait prendre plaisir à la provoquer sans arrêt pour la faire réagir. Pas question de le laisser faire !

Un tintement familier lui sauva la mise. Imogen revint à son téléphone et poussa un soupir de soulagement en lisant le texto qui venait d'arriver.

Les stylistes sont en route. Arrivée prévue dans quinze minutes environ.

— Quinze minutes, cela nous laisse assez de temps, déclara Zeph en se renversant contre son dossier.

— Du temps pour quoi donc ? demanda Imogen d'une petite voix.

— Pour m'en dire un peu plus sur mon empire industriel.

— Que voulez-vous savoir ?

— Commençons par sa structure générale. Ensuite vous me raconterez comment Callahan Shipping – qui appartient à votre famille, je présume – est arrivée dans l'équation.

Sans se faire prier, Imogen lui livra la description de l'entreprise dans sa version officielle. Puis elle reprit son souffle et ajouta :

— Il y avait un risque que Callahan Shipping soit exclue de l'accord que vous aviez conclu avec Avalon.

— Vous auriez pu en tirer des indemnités substantielles, non ? À moins qu'elle n'ait été au bord de la faillite, ou très mal gérée.

— Ce n'était pas mon but.

— Je ne comprends pas.

Un sentiment d'infériorité familier, teinté d'amertume, envahit Imogen ; sa blessure n'avait jamais vraiment cicatrisé. Elle avait néanmoins passé une bonne partie de sa vie à refouler cette petite voix désagréable, à empiler les pansements pour l'étouffer. Aussi pouvait-elle répondre à Zeph avec franchise. Et si cela devait la rendre pathétique à ses yeux, tant pis.

Elle se jeta à l'eau.

— J'ai passé ma vie à essayer de prouver à mon père que j'étais aussi capable et compétente que le fils qu'il n'a jamais eu. Il n'était pas question pour moi de me retirer du jeu et de perdre le fruit de mon travail.

Comme un peu plus tôt, elle discerna un éclat dans les prunelles bleu nuit de Zeph, peut-être une pointe de fierté. Tout cela éveilla un émoi chez elle qui ressemblait dangereusement à du plaisir.

— Ainsi, vous vous êtes battue pour ce que vous vouliez, commenta-t-il.

— Oui.

— Et vous l'avez obtenu ?

— De haute lutte, oui.

— J'en suis heureux.

Vraiment ? songea-t-elle, se retenant de justesse d'exprimer ce doute à voix haute.

— Vous semblez sceptique, fit-il observer. Douteriez-vous de mes paroles ?

— Nous essayons l'un et l'autre de naviguer au mieux dans cette situation inédite, Zeph. Si je semble surprise parfois, ne cherchez pas plus loin...

Sa voix mourut. En dépit de son attitude décontractée, Zeph continuait à la troubler. Elle aurait parié que les effets de ce magnétisme puissant persisteraient même pendant son sommeil.

— Dites-le encore, murmura-t-il, les yeux rivés à sa bouche.

— Quoi donc ?

— Mon prénom.

Imogen s'humecta les lèvres.

— Pourquoi ?

— Parce que j'aime vous entendre le dire.

Les tonalités profondes de sa voix résonnaient jusque dans les veines d'Imogen, allumant de petites flammes dans leur sillage. Elle secoua la tête pour dissiper cette sorcellerie insensée.

— Il n'y a rien de spécial dans la façon dont je le prononce !

— Je ne suis pas de cet avis. Dites-le, Imogen...

— Zeph, chuchota-t-elle, électrisée.

Il se pencha en avant et caressa du pouce sa lèvre inférieure. Sa peau rêche, résultat sans doute des jours passés à retirer de lourds filets de l'océan, lui égratigna la lèvre, et les petites flammes devinrent feu de joie. Les pommettes sculptées, les joues fines, tout cela était un régal pour les yeux, mais c'était l'aura de confiance de Zeph qui l'aimantait. Comme il attirait toute la gent féminine sans doute vers sa perte...

— Si votre mari vous embrasse de nouveau, allez-vous vous sauver comme la dernière fois ?

— Je ne me suis pas sauvée...

— Pas tout à fait, c'est vrai, mais j'ai senti votre réticence. Je ne veux plus de cette distance entre nous, Imogen.

Alanguie, Imogen chercha son souffle tandis qu'il continuait à lui caresser les lèvres lentement, le regard gourmand.

— Nous ne devrions pas... Vous n'êtes pas en état de...

— Évoquez encore une fois mon amnésie, et je vous ferai taire avec ma langue.

Ces mots l'enfiévrèrent de plus belle. Elle n'aurait pas dû les trouver aussi exaltants, sans doute.

— Est-ce une menace ?

— Oh non ! *matia mou.* C'est une promesse très solennelle. Une promesse de plaisir.

Brusquement, un élan de jalousie féroce saisit Imogen. Jalousie envers toutes celles qui avaient inspiré à Zeph ce désir sauvage par le passé. Et même envers ses futures maîtresses, qui se délecteraient de susciter un appétit charnel aussi vorace de la part du plus séduisant des hommes...

Elle revint brutalement sur Terre. Le pouce tentateur de Zeph s'invitait entre ses lèvres, qui s'entrouvrirent d'elles-mêmes, comme ensorcelées, incapables de résister.

Il le faudrait, pourtant.

Car ce Zephyr Diamandis n'était pas le vrai. C'était un imposteur qui s'était glissé dans sa peau en attendant son retour. Et si la sensation qui la tenaillait l'incitait à succomber à ce moment de… de folie pure, elle ne pouvait pas se le permettre.

Ce serait compromettre ses chances d'atteindre son objectif ultime, celui-là même qui l'avait motivée pour retrouver Zeph – décrocher sa liberté.

Plus qu'un an à tenir. Un an ! Et leur accord arriverait à son terme. Son temps de service serait écoulé. Elle serait divorcée, libre, à la tête de sa compagnie intacte.

Avec cette idée fermement ancrée dans la tête, Imogen s'écarta de Zeph, non sans regret.

— Je ne l'évoquerai pas, dit-elle. Cela ne signifie pas pour autant que nous embrasser soit une bonne idée. Ni surtout que j'en aie envie, ajouta-t-elle, bravache. Et pour répondre à votre question, oui, Callahan est à moi, mais entre dans le cadre global de Diamandis.

Il la fixa un moment sans mot dire, puis hocha la tête.

— Parlez-moi des membres du conseil. Qui marque des points, qui déçoit ? Qui me sourira tout en m'enfonçant un poignard dans le dos ?

Imogen grimaça malgré elle et vit du coin de l'œil Zeph esquisser un sourire en coin.

— C'est si grave que ça ?

— Seulement si, comme moi, vous trouvez déplorable qu'une poignée d'hommes estiment que la place d'une femme n'est pas dans un conseil d'administration ni à la tête d'un conglomérat.

Les yeux de Zeph se mirent à étinceler. Elle entrevit le magnat redoutable, celui que les hommes tenant à leur peau évitaient avec soin de provoquer.

— Mais vous ne vous êtes pas laissé faire, murmura-t-il.

Imogen haussa les épaules.

— J'ai résisté. Une habitude chez moi dans les moments importants.

— Y compris les moments partagés avec moi ? demanda Zeph d'une voix suave.

Elle frissonna, puis décida qu'elle n'avait rien à perdre à se montrer franche avec lui sur ce point.

— Disons que je ne vous laisserai pas me piétiner.

— Eh bien, me voilà prévenu !

Imogen songea qu'il lui faudrait garder cette résolution bien présente à l'esprit, au vu des réactions assez déconcertantes que cet homme provoquait dans son corps.

Elle fut sauvée de tourments supplémentaires par le steward venu leur annoncer l'arrivée des stylistes.

Ensemble, ils descendirent à leur rencontre sur le pont inférieur. Zeph leur accorda à peine un regard tandis qu'ils ouvraient leurs sacs pour en sortir quelques modèles et intercepta Imogen alors qu'elle s'esquivait discrètement.

— Vous semblez toujours pressée de me quitter, lui dit-il. En pleine lune de miel !

— Mais... vous n'avez pas besoin de moi pour choisir vos tenues, chuchota Imogen, fébrile.

— Non, pourtant je veux que vous restiez. J'apprécierais votre avis. Et puis vous avez aussi le droit de profiter du spectacle.

À ces mots, une vive chaleur lui monta aux joues. Elle jeta un coup d'œil à la styliste en chef qui s'était pudiquement détournée tandis que Zeph retirait son T-shirt. Puis son short. Il se campa ensuite devant elle, la dominant de toute sa hauteur, presque nu et fier de l'être, mains sur les hanches, sans le moindre complexe.

Oh ! Il était magnifique. Trop, même, pour le pauvre cœur d'Imogen qui se mit à battre à grands coups redoublés. Elle contint un gémissement et prit son téléphone, en quête d'une diversion, mais l'appareil fut promptement arraché de ses mains et balancé sur des coussins à plusieurs mètres de là.

— Hé ! Vous ne pouvez pas faire ça !

— Je suis votre patron, répliqua Zeph sans sourire. Je fais ce que je veux. Asseyez-vous, lui ordonna-t-il en pointant un siège.

Le très imbuvable Zephyr Diamandis dans toute sa splendeur ! Mais il était en effet son patron, et Imogen avait donné son accord pour cette farce. Elle n'avait pas le choix.

Elle obéit.

Et passa l'heure suivante les mains serrées sur les genoux, à se mordre la langue pour l'empêcher de pendre comme celle d'une groupie adolescente, tandis que son mari évoluait sur le pont avec des airs de mannequin tout droit sorti des pages de *GQ*.

La mer Égée tout illuminée de soleil en cette fin d'après-midi offrait le fond de scène idéal pour cet incroyable modèle de virilité, bronzé, rayonnant, et des nuées de papillons chahutaient dans le ventre d'Imogen, si excitée qu'elle craignit de s'évanouir. De temps à autre Zeph lui lançait : « Aimez-vous ceci ? » ou « Est-ce que cela vous plaît ? ». Alors elle avait l'impression de se voir offrir sa propre version de cette comédie sentimentale qui avait connu un succès fulgurant quelques années plus tôt. À ceci près que les rôles ici étaient délicieusement inversés. Et quand bien même elle n'était pas en position de force, il y avait là matière à quelques fantasmes épicés, impudiques à souhait, qui pleuvaient sur elle comme autant de flèches chargées de désir tandis qu'elle acquiesçait ou rejetait d'un geste.

Une fois ce petit jeu terminé et les stylistes partis, le regret le disputa au soulagement. Il n'était pas dit toutefois qu'un répit loin de Zeph lui serait accordé.

En se retournant elle le vit qui fixait sa main gauche l'air perplexe. Son nouveau polo jaune citron et le short kaki qu'il avait gardé mettaient en valeur sa peau hâlée, et ses cheveux ébouriffés lui donnaient un air canaille dévastateur...

Mais ce fut son geste – il caressait son annulaire – qui fit tressaillir le cœur d'Imogen. Elle avait une petite idée de la pensée qui l'occupait en cet instant. Il n'empêche, les mots qu'il prononça la prirent de court.

— Je n'avais pas d'alliance à mon réveil... Vous ne l'avez pas mentionnée en décrivant ce que je portais la dernière fois que vous m'aviez vu. Vous ne m'avez pas non plus interrogé à ce sujet. J'en déduis que cette alliance n'existe pas.

— En effet, convint Imogen.

Les yeux de Zeph se plissèrent.

— Pour quelle raison ?

Elle chercha désespérément une réponse adéquate et inoffensive à la fois. Mais combien de temps encore pourrait-elle éluder la question ? Manifestement, il avait conscience à présent qu'il manquait autre chose, au-delà de ses souvenirs.

— Expliquez-moi, Imogen, lui intima-t-il.

Imogen soupira et croisa les doigts par la pensée, en espérant ne pas commettre une erreur.

— Vous ne m'avez jamais expliqué pourquoi. Vous m'avez simplement annoncé que vous n'en porteriez pas.

Sans un mot, Zeph saisit sa main gauche et la plaça en pleine lumière pour contempler la bague de fiançailles et l'alliance ornant son doigt. Imogen enroula par réflexe les doigts autour des siens. Il fit glisser le pouce sur les diamants avec la même délicatesse que s'il caressait sa peau.

Une onde brûlante déferla dans le ventre d'Imogen, charriant une sensation qu'elle avait du mal à identifier dans son sillage. Impatience ? Espoir ? Mais que pouvait-elle espérer au juste ?

— Eh bien, dit Zeph, j'ai changé d'avis.

Pourquoi diable ces mots firent-ils battre son cœur un peu plus vite ?

Quoi qu'il fasse avant le retour de ses souvenirs, cela ne changerait rien, ils étaient toujours coincés dans un mariage de convenance. Elle n'avait aucun intérêt à craquer pour cette version de Zeph Diamandis, si attirante soit-elle !

— Me donnerez-vous le nom de notre bijoutier, ou devrai-je me débrouiller seul pour le trouver ?

La seule idée de Zephyr Diamandis se débrouillant seul pour chercher quoi que ce soit lui arracha un sourire. Ce qui était une folie en soi. Ne s'était-elle pas promis, lorsqu'il s'était fendu d'une plaisanterie et l'avait fait rire aux éclats, de ne plus se laisser aller aussi facilement à l'avenir ?

Il effleura ses lèvres du bout des doigts. Imogen tressaillit.

— J'essaye de ne pas me sentir insulté alors que vous persistez à vous éloigner de moi, mentalement et physiquement.

Son ton possessif attisa le feu qui couvait déjà en elle.

— Oui, si vous y tenez, je vous retrouverai ce nom, dit-elle d'une voix rauque.

Sur ce, elle le planta là pour retourner dans son bureau appeler son assistante et en profiter pour respirer un peu.

Zeph la rejoignit à l'instant où son assistante décrochait, et tout espoir de répit s'envola.

— *Kalismera*, madame Diamandis. Est-ce que tout va bien ?

Non ! avait-elle envie de crier.

— Oui, tout va bien, merci, Agatha.

— En quoi puis-je vous aider ?

— Il faudrait que le bijoutier de la famille soit conduit jusqu'au yacht dem... ce soir même, rectifia-t-elle, voyant Zeph secouer la tête.

— Bien sûr, madame Diamandis. Un bijou en particulier vous intéresse ?

Imogen se mordilla la joue.

— Il saura ce qu'il faut. Contactez le pilote de l'hélicoptère pour organiser le transport.

— Comptez sur moi.

Elle raccrocha et croisa le regard de Zeph.

— Quoi donc ?

— Votre façon d'exercer le pouvoir est très sexy, murmura-t-il en lui ouvrant les bras.

Elle aurait eu le temps de reculer, mais n'en fit rien. Il l'attira contre lui et glissa les mains jusqu'à ses fesses.

Alors Imogen sentit pour la première fois contre elle le corps tout chaud et musclé de son mari.

Même pendant la noce il ne l'avait pas serrée d'aussi près. La cérémonie avait été brève et sans chaleur dans une petite salle de l'imposant hôtel de ville d'Athènes, avec ses avocats pour seuls témoins. Tout avait été terminé en moins d'une demi-heure. Il l'avait ensuite déposée devant l'immeuble de Kifisia avant de repartir aussitôt travailler, laissant le majordome lui présenter son nouvel appartement *séparé*.

Les raisons qui avaient motivé cette façon de faire, même provisoirement effacées par l'amnésie de Zeph, restaient bien réelles. Mais à ce moment précis la prudence semblait hors de portée et la tentation, irrépressible. Tout la poussait à enlacer Zeph à son tour et à se plaquer contre son corps sublime.

— *Efharisto*, murmura-t-il.

— De quoi me remerciez-vous ?

Il haussa les épaules, son torse effleurant au passage le haut de son corps. Les pointes de ses seins devinrent dures comme le diamant.

— Entre autres, d'être venue me chercher.

Aucune trace d'humour dans cette déclaration, mais un hommage très solennel visible dans son regard reconnaissant.

— Dix mois, c'est long, ajouta-t-il. D'autres auraient baissé les bras. Pourquoi pas vous ?

Parce que j'avais besoin d'être fixée, dans un sens ou dans l'autre, avant de reprendre ma liberté.

Elle opta pour une réponse moins explosive et néanmoins sincère.

— Appelez cela l'instinct. Il me fallait une preuve, quelle qu'elle soit.

Serait-il aussi compréhensif lorsque toute la vérité sortirait au grand jour ? En découvrant que son acharnement à le retrouver comportait une part d'égoïsme, pour servir ses propres fins ?

Elle déglutit, ignorant le pincement au cœur qui suivit cette pensée, et se décida à aborder le sujet qui lui trottait dans la tête depuis le matin.

— Pour un homme qui ne se souvenait de rien, vous sembliez vous accommoder plutôt bien de la situation à Efemia. Vous... Enfin... Vous n'aviez pas envie de savoir ce qui vous était arrivé ?

Ses yeux s'assombrirent, et durant une longue minute elle crut qu'il ne répondrait pas.

— Lorsqu'on m'a repêché, mes blessures n'étaient pas graves, mais je n'étais pas non plus dans une forme olympique. On m'a souvent rappelé que j'avais échappé de peu à la mort. Je n'avais aucun point de comparaison pour juger de la valeur des soins médicaux que je recevais à Efemia, je me suis donc résigné à la lenteur de ma convalescence.

Imogen fronça les sourcils.

— Ni Petros ni personne d'autre n'a fait l'effort de rechercher votre identité ?

Zeph se fendit d'un sourire désabusé.

— Les premiers mois, on m'a assuré qu'une enquête était en cours. Mais rien ne venait, et avec le recul je doute qu'ils aient eu vraiment envie de voir la situation changer.

— Petros, vous voulez dire ? Lui et ses proches voulaient vous garder pour eux ? s'exclama-t-elle d'un ton plus sec qu'elle ne l'aurait voulu.

— Peut-être, dit Zeph en haussant les épaules.

— Cela vous était égal ? Voilà qui ne ressemble guère...

Elle se tut avant d'en dire trop. Il sauterait sur ce détail, intelligent comme il l'était.

— À l'homme que vous connaissiez ? suggéra-t-il.

Imogen déglutit péniblement.

— Cet homme... Rien ne l'aurait empêché de découvrir son identité et la vie qu'il avait laissée derrière lui.

Zeph balaya des yeux le pont et la vue époustouflante au-delà.

— J'ai peut-être toujours su que je reviendrais. C'était inévitable.

— Vraiment ? murmura Imogen.

— Ne vous désolez pas ainsi, *matia mou.* Nous avons perdu un peu de temps, mais nous le rattraperons largement, faites-moi confiance.

À ces mots un frisson d'appréhension la traversa. Le pire, c'était qu'elle avait envie de rester là, d'explorer encore cette facette excitante de Zeph...

Une bouffée d'angoisse l'envahit. Elle se détacha de lui. Zeph résista une fraction de seconde avant de la libérer.

— J'ai vraiment besoin de me remettre au travail, dit-elle en allant récupérer son téléphone. Le dîner est servi à 20 heures. À moins que ce ne soit un peu tôt pour vous.

— 20 heures, ce sera parfait. Imogen...

— Oui ?

— Nous aurons bien d'autres discussions au cours des prochains jours. J'espère que vous vous sentez prête.

— Je sais, murmura-t-elle, le cœur battant.

— *Kalos.*

5

Deux petites heures plus tard, alors qu'elle se préparait pour le dîner, Imogen fut frappée de constater que vingt-quatre heures à peine s'étaient écoulées depuis qu'elle avait retrouvé Zeph.

Elle avait l'impression d'avoir vécu une année entière de turbulences et d'émotions en tout genre depuis son entrée dans la petite chapelle. Aussi ne fut-elle pas surprise de sentir ses doigts trembler en ajustant les boucles en or à ses oreilles. La robe bohème à motif cachemire turquoise et doré qu'elle avait choisie était évasée, légère et assez vaporeuse pour tournoyer à mi-cuisse tandis qu'elle inspectait sa tenue dans le miroir.

Le dîner leur serait servi sur le pont supérieur arrière, et dans son souvenir la brise était plus fraîche la nuit à cet endroit. Assez du moins pour qu'elle laisse ses cheveux libres après le brushing. Tout en vaporisant quelques gouttes de son parfum favori sur les points les plus chauds de son corps, elle se répéta qu'elle n'avait *pas* le trac. Que les papillons caracolant joyeusement dans son ventre étaient une chose normale.

Une paire de bracelets en or, des sandales compensées… Voilà. Elle n'avait plus aucune raison de traîner.

En quittant sa cabine elle se demandait encore comment survivre à un dîner avec Zeph sans céder au sortilège qu'il semblait lui avoir jeté. Et puis…

Avant même la fin des entrées, elle comprit qu'elle n'avait pas besoin de s'inquiéter.

Zeph avait la mine grave lorsqu'elle l'avait rejoint à table, et le regard dont il l'avait enveloppée recelait une pointe de tristesse. Il l'avait saluée d'une voix sourde en tirant une chaise à son intention, et depuis il gardait un silence morne.

Un moment, inquiète, elle s'était demandé si c'était une autre facette inconnue qui émergeait, particulièrement délicate à gérer. Puis, comme leurs boissons leur étaient servies, elle comprit ce qui se passait en le voyant ciller au bruit des pas des serveurs sur les planches du pont.

— Vous ne vous sentez pas bien ? s'enquit-elle d'une voix douce.

Il lui jeta un bref regard.

— Migraine. Cela m'arrive quelquefois.

— Le médecin vous a-t-il prescrit un traitement ?

— Rien qui fasse vraiment la différence... C'était fréquent, chez moi ?

— Pas à ma connaissance. Vous avez toujours eu une santé de fer.

Il esquissa un sourire las.

— J'ai plutôt la sensation qu'un fer m'est tombé sur la tête !

Imogen s'attendrit malgré elle et se le reprocha aussitôt. Rien ne justifiait qu'elle s'apitoie sur un tyran acharné à se venger d'elle et de sa famille.

Toutefois l'homme assis en face d'elle, les doigts crispés sur sa tasse de café, endurant stoïquement la douleur, n'avait vraiment rien d'un tyran.

— Puis-je vous aider ?

Dès que ces mots furent sortis de sa bouche, elle se sentit plus légère.

Zeph la scruta longuement.

— Merci, dit-il, mais j'ai déjà tout essayé.

Imogen se tut et baissa les yeux sur son dessert à peine

entamé. Son bel appétit s'était brusquement envolé. Juste parce qu'il avait décliné son aide ? Tout de même pas...

Elle se soucierait donc de lui ?

Non. Pas question d'envisager cette hypothèse. Cela ne pourrait mener qu'à un dangereux déséquilibre qui affaiblirait sa position, à la fin des fins.

Zeph se leva.

— Faisons quelques pas ensemble sur le pont, proposa-t-il.

Imogen jeta un coup d'œil à sa montre. Près de 22 heures, déjà ! Et le bijoutier n'était même pas encore arrivé.

— Vous êtes sûr ? La journée a été longue. Écoutez, je peux repousser la venue du bijoutier à demain si...

Avant même qu'elle achève sa phrase, il secouait déjà la tête d'un air déterminé qui lui rappela à qui elle avait affaire.

— Non. Cela doit se passer ce soir.

— Nous ne serons pas moins mariés demain sans l'alliance, vous savez.

Un faible sourire étira les lèvres de Zeph.

— Qui sait ce qui arrivera d'ici là ? Imaginez que je passe de nouveau par-dessus bord. En me réveillant dans un lieu inconnu, je saurais au moins que je suis marié.

Imogen le fixa, interloquée. Il haussa les épaules.

— Savoir que j'étais marié m'aurait peut-être incité à réagir plus vite.

Qui sait pourquoi, cette remarque la bouleversa.

L'idée de Zeph se démenant pour la retrouver n'aurait pas dû éveiller le moindre émoi chez elle, pourtant. Les sentiments n'entraient pas en ligne de compte dans leur mariage. Elle ferait mieux de ne pas l'oublier.

— Ma foi, dit-elle, le risque que vous disparaissiez deux fois en mer me semble infime.

Zeph inclina la tête.

— Racontez-moi ce qui s'est passé.

Imogen se raidit.

— Je ne suis pas censée revenir sur le passé, le médecin a dit que…

— Je me moque de ce que raconte le médecin ! Je ne vois pas comment je progresserais en restant dans l'ignorance.

Prise sous le feu du regard intense de Zeph, elle se sentit soudain acculée, dos au mur. Elle déglutit et détourna les yeux vers la mer qui scintillait sous la lune, le temps de rassembler ses idées.

— Vous veniez de boucler le contrat Avalon. Une fusion très importante, qui représentait cinq ans de travail… Pour célébrer l'accord vous aviez organisé une fête à laquelle vous aviez convié Philip Avalon ainsi que sa famille.

Elle eut un petit rire.

— Il y avait plus de cinquante personnes sur le yacht ce week-end-là… Je crois qu'à un moment leur exubérance vous agaçait un peu. Le dimanche soir la fête battait son plein. D'après l'équipage, il était presque 3 heures du matin lorsque tout ce petit monde est enfin parti se coucher.

— Et vous, où étiez-vous ?

— Dans ma cabine. Je m'étais retirée deux heures plus tôt environ. Vous teniez à rester encore un peu pour discuter avec Philip Avalon. Vous étiez sur le pont supérieur la dernière fois que je vous ai vu. Le chef steward a dit qu'il vous avait servi des boissons à tous deux vers 1 heure. Puis Philip est allé dormir. La caméra de surveillance vous a filmé debout près du bastingage arrière après cela, un verre à la main.

— Est-ce que j'étais ivre ? demanda Zeph d'une voix rauque, chargée d'un étonnant dégoût de soi.

— Je ne crois pas. Vous n'avez jamais été un gros buveur. Je pense que vous aviez simplement accompagné Philip qui, lui, est connu pour ses excès, comme le reste de son clan. Vous avez voulu être un hôte agréable.

À ces mots, il se détendit visiblement.

— Et ensuite, que s'est-il passé ?

— Ensuite… Vous êtes tombé à l'eau. Nous venions de

quitter Santorin. Philip avait évoqué son projet d'acheter une île privée, et le capitaine avait pour instruction de nous y conduire pendant la nuit. Personne ne s'est aperçu de rien avant le matin.

Zeph gardait le silence, suspendu à ses lèvres.

— Il avait plu pendant la soirée, poursuivit-elle. Avec la fête et tous les invités à gérer, l'équipage avait eu fort à faire, et les flaques sur le pont n'avaient pas été essuyées. Vous avez un peu glissé en quittant le bastingage et vous vous êtes cogné la tête. Une vague un peu forte a peut-être fait tanguer le yacht à ce moment précis, nous n'en sommes pas sûrs, toujours est-il que vous avez basculé par-dessus bord. J'ai prévenu la police, qui a vérifié les vidéos de surveillance et lancé des recherches.

Imogen prit une profonde inspiration tandis que refluait le souvenir des premières semaines, les soupçons à peine voilés à son encontre après la disparition inexpliquée d'un des hommes d'influence les plus puissants de la planète.

— Les autorités avaient peu d'espoir de vous retrouver, même au début. Le courant était assez fort, et comme nous voguions au large, loin de toute terre, elles pensaient que... vous n'aviez pas survécu.

— Et pourtant vous avez continué à me chercher. Alors même que tout le monde me croyait mort. Pour quelle raison ?

Il la fixait toujours de son regard perçant, comme pour trouver le motif exact de ses actes. Comme si son opiniâtreté, contre l'avis général, lui importait vraiment...

Imogen haussa les épaules, mais l'émotion la gagnait. Oui, il aurait été plus facile de se résigner et de tourner la page. Mais au-delà des circonstances qui les avaient réunis, elle ne méprisait pas Zeph au point d'accepter d'emblée sa mort. La brutalité de l'événement l'avait sidérée. En dépit des preuves offertes par les caméras, une certitude ancrée au plus profond d'elle rejetait l'idée que l'être redoutable dont elle portait le nom à son corps défendant ait disparu à jamais.

— Votre tempérament d'acier terrifie la plupart des gens, dit-elle. Il semblait impossible que vous ayez trouvé la mort simplement en tombant à l'eau. Si quelqu'un pouvait défier la fatalité, c'était bien vous ! En outre, vous étiez un excellent nageur, ajouta-t-elle très vite, regrettant déjà cette envolée un peu trop passionnée.

Des doigts chauds se posèrent sur les siens. Imogen tressaillit. Elle se tordait les mains sans même s'en apercevoir.

— Je ne voulais pas vous bouleverser, murmura Zeph en les portant à ses lèvres. Votre conviction intime a rendu possible ma présence ici aujourd'hui, *glikia mou*. Je ne l'oublierai jamais.

Imogen affecta la nonchalance, mais rien à faire, ses épaules ne voulaient pas se détendre.

— La situation n'était pas simple, je l'avoue. Surtout lorsque des rumeurs infectes ont commencé à circuler.

Zeph fronça les sourcils.

— Vous avez été soupçonnée ?

— Avant que vous annonciez notre mariage par voie de presse, personne ne me connaissait. J'étais la fille d'un entrepreneur inconnu en Grèce. Il n'était que trop facile d'imaginer la croqueuse de diamants se débarrassant de son mari pour hériter de ses milliards. Les médias s'en sont donné à cœur joie. Sans les caméras de surveillance, j'aurais eu de sérieux ennuis, sans aucun doute.

Zeph parut contrarié. Imogen fut touchée qu'il ne se range pas immédiatement à l'opinion que s'étaient faite les autorités à l'époque.

— Quoi qu'il en soit, les recherches officielles ont duré des semaines, sans le moindre résultat. Au bout de trois mois, j'ai fait appel à un détective privé. Nous avons sillonné le globe sans relâche depuis.

Le visage de Zeph s'éclaira d'un beau sourire, et le pouce caressant le dos de sa main acheva de la troubler. Elle n'avait pas le souvenir que quiconque l'ait touchée ainsi, dans un simple geste d'humanité.

Elle se rappelait à peine sa mère, décédée alors qu'elle était toute petite, et les nounous choisies par son père n'étaient pas portées sur les câlins, influencées sans doute par l'attitude méprisante à son égard de leur employeur.

— Votre ténacité a fini par payer, dit-il. Je vous remercie encore.

Le ronronnement d'un moteur de bateau en approche se fit entendre, coupant court à cet échange déroutant. Mais le soulagement d'Imogen fut de courte durée. La main de Zeph s'attarda sur sa joue avant de glisser vers ses reins pour l'entraîner vers le bijoutier qui venait de monter à bord.

L'air ébahi du petit homme rondouillard à la vue de Zeph valait son pesant d'or.

— Monsieur Diamandis ! Si je m'attendais ! Eh bien, c'est... c'est merveilleux ! bredouilla-t-il, le regard oscillant entre Zeph et Imogen.

— Merci, dit Zeph, mais nous comptons sur votre discrétion, n'est-ce pas ?

L'homme hocha la tête avec vigueur.

— Bien sûr, bien sûr !

Exhibant la mallette qu'il portait menottée au poignet, il ajouta :

— Est-ce pour une occasion spéciale... ? Mais que dis-je ? évidemment que oui ! Madame aimerait-elle jeter un coup d'œil à cet assortiment ?

Zeph poussa Imogen vers la table sur laquelle le bijoutier s'était mis en devoir d'étaler le contenu de sa mallette et expliqua :

— C'est pour moi. J'ai besoin d'une alliance.

Le petit homme écarquilla les yeux. L'ombre d'un regret passa sur son visage.

— Si j'avais su que vous étiez...

Il toussota et reprit :

— Je n'ai ici qu'une sélection restreinte, mais je peux faire en sorte que la collection complète vous soit présentée ici même demain, si vous le souhaitez.

Zeph secoua la tête.

— Montrez-moi ce que vous avez.

Le bijoutier ne se fit pas prier et sortit de sa mallette un petit plateau de velours noir garni d'une dizaine d'alliances. Zeph les inspecta un moment avant de se tourner vers Imogen.

— Laquelle préférez-vous ?

Imogen sursauta.

— Moi ? Vous voulez que je choisisse ?

Pour toute réponse, il baissa les yeux sur sa main gauche et demanda :

— Est-ce moi qui ai choisi la vôtre ?

— Euh... oui.

— Dans ce cas, à vous de choisir la mienne.

Elle ne pouvait lui expliquer que cette bague extravagante placée à son annulaire relevait alors d'une opération de communication. Il fallait aussi faire vite... Le bijoutier, qui était aussi présent lors de ce choix, la veille de la noce, affichait maintenant un sourire extatique. Sans doute voyait-il dans la demande de Zeph une démarche d'un romantisme fou.

Quant à ce que pensait son mari en cet instant... Imogen préférait ne pas le savoir.

Baissant les yeux sur le plateau, elle rejeta d'emblée les anneaux d'or trop épais et ceux ultra-fins en titane, très tendance. Après un bref regard vers la main de Zeph, à la paume large, épaisse, aux longs doigts fermes légèrement calleux, son attention fut attirée par un anneau brossé tout simple en platine, serti d'une rangée de minuscules diamants noirs en son milieu. Son cœur tressauta. Avant même de tendre la main vers cette alliance, elle sut que c'était celle-là et aucune autre. Espérant que Zeph ne verrait pas le léger tremblement de ses doigts, elle la retira de sa loge de velours.

Zeph lui présenta sa main gauche, doigts écartés.

— À vous de jouer, lui ordonna-t-il d'une voix rauque.

La scène était complètement surréaliste.

Imogen avait la sensation de se retrouver piégée dans un fantasme secret dont elle n'arrivait pas à s'extraire, alors même que son cerveau savait que tout cela n'était qu'une pure fiction qui ne deviendrait jamais réalité.

Voilà qu'elle était confrontée une fois de plus à une situation impossible à esquiver. Alors, glissant les doigts sous ceux de Zeph, elle enfila l'alliance à son annulaire. La bague s'y installa presque d'elle-même sur la première phalange comme si c'était sa place naturelle. Elle était magnifique sur sa peau bronzée. Imogen retint son souffle et releva les yeux, accrochant le regard brûlant de Zeph qui se baissa lentement vers ses lèvres, et resta là.

Le soupir rêveur du bijoutier allégea un peu l'atmosphère qui était devenue irrespirable. Imogen lâcha la main de Zeph et sourit au petit homme.

— Encore merci de vous être déplacé si rapidement.

— Je suis à votre service, monsieur et madame Diamandis. Trop heureux de me rendre utile.

— Bonne fin de soirée, dit Zeph en adressant un signe discret à un membre de l'équipage posté un peu à l'écart.

Tandis que le bijoutier était escorté jusqu'à la vedette, Zeph contempla l'alliance à son doigt. Puis il regarda Imogen.

— Voilà une preuve de notre union, si je devais m'égarer loin de vous.

C'était une remarque objective. Pourtant le cœur fou d'Imogen bondit de plus belle, la troublant davantage encore avec l'idée qu'un changement était en cours, un changement qu'elle n'aurait pas dû souhaiter et qui éveillait tout de même un émoi irrépressible chez elle.

Elle bataillait encore avec ce problème de plus en plus critique, lorsque Zeph glissa de nouveau la main sur ses reins pour l'entraîner cette fois vers l'escalier menant au pont inférieur. Celui des cabines.

Imogen se cuirassa aussitôt en prévision de ce qui allait

suivre. Encore des questions sur leur accord en matière de couchage, sans doute, virant à l'interrogatoire...

— Laquelle est la vôtre ? demanda-t-il en s'arrêtant dans le couloir.

Il sourit devant son air perplexe.

— Je ne compte pas vous brusquer ni faire valoir mes droits conjugaux, si c'est cela que vous redoutez.

À cause de sa migraine ? se demanda Imogen. Ou parce que son instinct lui rappelait qu'il n'y avait pas d'attirance entre eux avant sa disparition ?

— Deuxième à droite, répondit-elle dans un murmure.

Hochant la tête, il avança jusque-là, tourna la poignée de la porte, balaya des yeux l'intérieur de sa cabine et se tourna vers elle.

— *Kalinychta, matia mou*. Dormez bien. Demain est un autre jour.

Imogen le regarda s'éloigner, le cœur battant, se demandant si elle avait réellement espéré une issue différente. Secouant la tête, elle referma la porte et gagna lentement son dressing pour se changer.

Elle enfila son kimono de soie fétiche. Tous ses sens étaient encore à vif. Sachant déjà que le sommeil la fuirait, elle alluma son ordinateur pour s'attaquer à sa liste de tâches, inévitablement bien remplie.

Une heure plus tard, elle se leva, s'étira le dos et constata, dépitée, qu'elle n'avait toujours pas sommeil.

Elle envisagea de commander une camomille puis changea d'avis et opta à la place pour un verre d'eau glacée du minibar. La petite terrasse qui prolongeait sa cabine lui faisait de l'œil, comme une promesse de fraîcheur. Elle ouvrit la porte-fenêtre et sortit dans la nuit.

Le contact du sol de marbre froid sous ses pieds nus lui tira un soupir d'aise. Alors qu'une légère brise apaisait sa peau échauffée elle tourna les yeux sur le côté – un sixième sens peut-être ? Et toute idée de détente et de relaxation la quitta lorsqu'elle aperçut Zeph, accoudé au bastingage sur sa propre terrasse privative, vêtu en tout et pour tout d'un bas de pyjama noir. Penché en avant les doigts sur les tempes, il ne l'avait pas encore repérée, gêné par les mèches qui lui retombaient sur les yeux.

Se traiter de tous les noms n'empêcha pas Imogen de lorgner son torse musclé, magnifique. Sa taille étroite. La parfaite symétrie de sa silhouette, de la tête aux pieds. Puis elle s'inquiéta de la détresse à laquelle il semblait être en proie.

Rentre tout de suite et va te coucher !

Fataliste, elle ne s'étonna pas que ses pieds refusent de bouger. Et tressaillit à peine lorsque Zeph se tourna vers elle la seconde d'après et laissa brusquement retomber les mains.

Durant une poignée de secondes, ils se regardèrent sans parler. Seul le clapotis des eaux sombres et agitées de la mer Égée contre le flanc du yacht troublait le silence nocturne.

— Vous aussi, vous avez du mal à dormir.

Ce n'était pas une question, plutôt un constat.

— Vous le disiez vous-même tout à l'heure, la journée a été longue, dit Imogen, s'arrachant à regret à la contemplation du duvet soyeux cheminant sur son torse nu pour disparaître plus bas sous la ceinture de son pyjama. Trop de nouveautés à assimiler.

Il hocha la tête, laissant son regard errer sur elle avant de la fixer droit dans les yeux. L'atmosphère devint vite électrique. Imogen sentait son cœur battre jusque dans ses oreilles.

— Votre migraine vous tracasse toujours ? s'entendit-elle demander avant d'avoir pu se mordre la langue.

— Elle n'est pas près de disparaître, j'en ai peur.

Tout en parlant ils s'étaient insensiblement rapprochés. Il leur aurait suffi de tendre la main pour se toucher, d'une terrasse à l'autre. Non qu'Imogen en ait envie. Elle se le répéta en son for intérieur, pour en être bien sûre, les doigts crispés sur son verre, en regardant Zeph se masser les tempes.

Non ! Ne fais pas ça.

— Laissez-moi vous aider, proposa-t-elle très vite avant de pouvoir changer d'avis. Mon grand-père souffrait de terribles maux de tête. Si vous avez aussi mal que lui…

Il ne répondit pas immédiatement. Il la fixait, l'air pensif. Le temps parut soudain suspendre sa course, et une étrange attente s'installa. Pour finir Zeph acquiesça en silence.

Une chose complètement inattendue se produisit alors.

Il leva la main, effleura une commande sur le mur près de lui et un pan de leurs rambardes respectives s'ouvrit lentement. Une passerelle se déplia comme par magie et vint accrocher le sol près des pieds d'Imogen.

Les deux terrasses n'en faisaient plus qu'une.

Zeph parut aussi stupéfait qu'elle de ce tour de passe-passe.

— Vous saviez que la commande était là ? murmura Imogen.

— Non… Ma main a trouvé toute seule le chemin. Un réflexe, sans doute.

— C'est bon signe, je suppose, dit-elle d'une voix qui tremblait un peu.

C'était peut-être de cette façon que la mémoire lui reviendrait. Entre deux pensées, deux gestes inconscients.

— Ça ne peut pas faire de mal en tout cas, dit Zeph.

Il lui tendit la main pour qu'elle le rejoigne. La gauche, où brillait son alliance toute neuve. Et le fantasme se réveilla, affolant le cerveau d'Imogen de possibilités qu'elle ne s'était jamais autorisée à envisager depuis qu'elle portait le nom de Diamandis, puisque c'était inutile. Ils étaient ennemis. Ou plutôt leurs familles l'étaient, depuis longtemps. Il en faisait encore des cauchemars qu'il n'arrivait pas à comprendre…

Repoussant la vague culpabilité qui l'assaillait toujours à cette pensée, Imogen suivit Zeph vers sa chambre comme un automate.

À la vue des draps froissés, elle imagina cet homme allongé, ses membres déliés étalés dans leur splendeur virile et se morigéna aussitôt. La journée avait déjà apporté son lot d'embûches, à quoi bon s'en créer d'autres ?

Alors pourquoi lui avoir proposé ton aide, alors que tu pourrais être en sécurité dans ta propre cabine ?

Alors qu'il s'arrêtait devant le grand canapé du coin salon, elle se dit fermement que c'était une bonne chose de ne pas avoir perdu son humanité.

— Comment me voulez-vous ? demanda-t-il d'une voix traînante.

— Pa… pardon ?

Un petit sourire amusé flotta sur les lèvres de Zeph.

— Où dois-je m'installer, Imogen ?

— Oh ! euh… Si vous voulez bien vous étendre ici sur le canapé, je pourrai travailler sur la nuque, dit-elle, les joues en feu.

Il s'exécuta sans protester, et la vue de Zeph allongé à plat ventre dans un abandon confiant lui fit venir l'eau à la bouche. Une faim de louve lui cisailla le ventre.

Qu'est-ce qui ne tourne pas rond chez toi ? Du nerf !

Priant fiévreusement pour que cette sensation s'estompe, elle posa son verre sur la table basse et s'approcha de Zeph.

Le canapé étant assez large, elle put s'asseoir à côté de lui, mais inévitablement leurs corps se frôlaient. Imogen déglutit, déterminée à ne pas se laisser troubler. Elle était là pour alléger la souffrance de Zeph, et pas pour se laisser tenter par les images torrides qui jaillissaient dans sa tête.

Se concentrant sur son souffle, elle écarta les longues mèches de Zeph et pressa les doigts à la base de sa nuque. La chaleur de sa peau gagna instantanément la sienne et durant quelques secondes elle oublia tout, savourant l'instant.

Non !

Elle se mit en devoir de le masser en se remémorant la façon dont elle soulageait jadis la souffrance de son grand-père. La zone était compacte, nouée ; les muscles, crispés. Elle s'appliqua, affermit ses gestes, exerçant des pressions circulaires fermes et profondes. Un gémissement étouffé récompensa ses efforts. Absurdement ravie, elle redoubla d'énergie. Zeph grogna lorsque ses doigts s'aventurèrent à la racine de ses cheveux. Imogen retint un sourire. Un côté, l'autre, puis les deux en même temps. Peu à peu ses muscles se relâchèrent sous son massage appuyé. Elle redescendit alors sur ses épaules, et Zeph se cabra légèrement pour épouser ses paumes.

— Dire que je ne croyais pas aux sciences occultes, marmonna-t-il. C'était un tort. Vos mains sont magiques.

Imogen sourit jusqu'aux oreilles.

— J'aime bien gagner, en fait. Surtout contre vous.

Un drôle de son résonna sous les côtes de Zeph, à mi-chemin entre rire et gémissement.

— Je veux bien m'avouer vaincu sur toute la ligne, mais surtout continuez ce que vous êtes en train de faire…

Un silence complice tomba dans la cabine. Au bout d'une demi-heure, Imogen se redressa, les mains sur les genoux.

— Les tempes, maintenant, dit-elle.

Zeph lui jeta un regard béat et incrédule par-dessus son épaule.

— Ce n'est pas fini, alors ?

— Mon grand-père ne s'est jamais plaint de la durée de mes massages, répondit-elle, ignorant les bonds de cabri que faisait son cœur.

— Ah ! Si c'était bon pour votre grand-père…

Il se retourna sur le dos avec une grâce féline et la regarda, attendant ses instructions.

— Je dois me placer derrière vous, dit Imogen en agitant la main.

Docile, Zeph s'assit. D'aussi près, impossible de se protéger contre son odeur. Bois de santal et peau masculine toute chaude, ce cocktail exigeait d'être humé longuement, profondément. Les sens meurtris par l'avalanche d'émotions du jour, Imogen cessa tout net de résister à la tentation.

Les narines frémissantes, elle se cala derrière Zeph, qui se laissa aller en arrière contre elle. Le contact de son torse nu lui donna des frissons, mais elle n'en était plus à s'inquiéter de savoir si c'était ou non une bonne idée. En cet instant la seule chose à faire était de soigner Zeph puis de réintégrer sa cabine le plus vite possible.

Le masser alors qu'il était allongé, c'était une chose. Calée derrière lui avec leurs visages si proches, c'était une autre paire de manches. Existait-il un moyen de ne pas admirer la perfection absolue de ses traits ?

Elle ne s'en priva pas, les yeux de Zeph s'étant fermés dès le premier contact.

Exactement comme il l'avait fait avec elle toute la journée, Imogen scruta le visage de Zeph avec une avidité décomplexée, tout en imprimant de petits mouvements circulaires sur ses tempes, puis le long de ses joues. Insensiblement, la tension se dissipa sur ses traits, son souffle s'apaisa.

Il marmonna quelque chose en grec. Imogen sourit.

— Je vous rappelle que je ne parle pas le grec.

— Mmm... Il faudra que je vous apprenne, murmura Zeph d'une voix ensommeillée.

Alors qu'elle s'apprêtait à lui demander de traduire ce qu'il venait de dire, Imogen s'aperçut qu'il dormait déjà.

Son poids reposant à moitié sur les coussins elle n'était pas écrasée. C'était même agréable, cette proximité. Jamais elle n'avait connu une aussi belle connexion physique.

Cette pensée suscita chez elle un désir fou. L'envie, le *besoin* de prolonger cette parenthèse enchantée. Ses mains poursuivirent leur œuvre sur ses tempes, bienfaitrices jusque dans le sommeil. Puis elle enfouit les doigts dans ses cheveux pour masser fermement le crâne.

Il grogna, la tête de plus en plus lourde entre les mains d'Imogen dont la gorge se nouait d'émotion peu à peu. Était-elle réellement en train de... de céder à un sortilège qu'elle ne s'expliquait même pas ?

Elle avait fait ce qu'elle était venue faire – aider Zeph qui souffrait. Il était temps de partir. Pourtant elle resta là, à jouer longuement de ses doigts, qui parfois s'échappaient dans les cheveux soyeux de Zeph. Et lorsque les crampes menacèrent, elle les déplaça sur ses épaules.

Comment se détacher de lui sans le réveiller ? Il avait un bras en travers de ses cuisses et la tête bien calée entre ses seins... Elle inspira à fond et se laissa glisser sur quelques centimètres. Zeph s'agita et jeta les bras autour d'elle.

Imogen cessa de respirer et lança un regard désespéré vers la porte-fenêtre menant à la terrasse. Puis elle baissa les yeux sur l'homme dont les bras l'emprisonnaient. Elle était bien réveillée et doutait de trouver le sommeil bientôt, quel mal y aurait-il dans ces conditions à le laisser savourer un moment de paix avant de se lever ?

Des sonnettes d'alarme résonnèrent dans sa tête. Elle les fit taire, le cœur au galop.

Une heure, se promit-elle.

Elle offrirait encore une heure à ce mari qu'elle avait recherché durant d'interminables mois. Il méritait une bonne nuit de sommeil. Qui sait, cela l'aiderait peut-être à recouvrer plus vite la mémoire.

Sa décision prise, elle enfouit une dernière fois les doigts dans sa tignasse soyeuse et se laissa aller sur les coussins en fermant les paupières.

Une heure.

Sauf que lorsqu'elle rouvrit les yeux, elle n'était plus sur le canapé, et le soleil entrait à flots dans la cabine. Elle était au lit avec son mari. Elle était même tout contre lui, la joue sur son épaule chaude et nue, un bras passé autour de sa taille.

La gorge sèche, elle releva les yeux.

Zeph, tout à fait réveillé, la contemplait avec un intérêt non dissimulé.

6

À l'instant où leurs yeux se croisèrent, la tension revint en force, l'oxygène sembla manquer dans la cabine.

— *Kalismera,* Imogen, murmura Zeph.

Un frisson la traversa au son de sa voix suave.

Bouge. Parle. Fais quelque chose !

Son corps répugnant à obéir, Imogen se fit violence pour libérer ses mains et poussa sur les épaules de Zeph, qui résista une fraction de seconde avant de lâcher prise. Elle roula vers le bord du lit, tournant le dos à son torse nu et exquis.

Dieu merci, elle portait encore son kimono.

— Qu'est-ce que je fais ici ? balbutia-t-elle, accablée par le tremblement de sa voix, tout en resserrant sa ceinture.

Zeph haussa les épaules avec nonchalance.

— Le canapé est confortable jusqu'à un certain point. Je ne voulais pas vous faire prendre le risque d'un torticolis, aussi vous ai-je déplacée.

— Vous auriez pu me réveiller...

— Pourquoi ? Le sommeil vous fuyait autant que moi. Vous en aviez clairement besoin. Ce n'est pas si grave.

Une seconde passa. Puis deux.

— À moins que vous soyez d'un avis contraire, *glikia mou* ? ajouta-t-il un ton plus bas.

Elle rajusta du bout des doigts ses cheveux désordonnés et retint un gémissement au souvenir de leur proximité sur le canapé la veille. Elle était nue sous son kimono, et seule cette fine pellicule de soie les séparait alors, éveillant des flambées inédites dans ses veines...

Zeph se redressa sur le lit.

— Votre réticence pourrait être considérée comme une offense, vous savez ? C'est d'autant plus curieux que je vous plais.

Comme elle s'apprêtait à le nier avec la dernière fermeté, Zeph l'arrêta d'un geste.

— Votre corps vous trahit, Imogen.

Elle n'eut pas besoin de baisser les yeux pour en avoir la preuve. Les pointes de ses seins saillaient sous la soie de son kimono, révélant son désir criant.

— Ce qui m'amène à penser que... Aurais-je par hasard fait preuve de cruauté envers vous ?

Imogen eut la sensation que le sol s'ouvrait sous ses pieds.

— Vous n'étiez pas violent, si c'est ce que vous me demandez.

— Vous savez très bien ce que je vous demande, Imogen.

Elle secoua la tête.

— Vous n'étiez pas cruel physiquement, mais vous étiez... indifférent. C'était un moyen de parvenir à vos fins.

À ces mots Zeph se raidit.

— Pourquoi ? Et pourquoi vous ?

— C'est drôle, je vous ai posé la même question lorsque mon père m'a expliqué l'accord qu'il avait passé avec vous.

— Votre père ? Il était impliqué dans l'organisation de notre mariage, de près ou de loin ?

— Oui. De très près. Du début à la fin.

— Et... ?

— Et vous avez tenu à préciser avant de conclure cet accord que tout sentiment serait exclu entre nous.

— Pourquoi ? répéta-t-il dans un souffle.

— Je ne sais pas.

— Vous êtes une femme intelligente, Imogen. Vous avez forcément votre idée. J'aimerais la connaître.

Imogen s'attendait à tout sauf à ce genre de conversation au petit matin. D'un autre côté, ne venait-elle pas de vivre les vingt-quatre heures les plus étranges et intenses de sa vie ?

— D'après les spéculations des médias sur votre vie privée d'avant notre mariage, vous n'êtes jamais resté avec la même femme plus de quelques mois. Et plus d'une est allée raconter que... que vous étiez généreux de votre temps, mais pas du genre romantique. Dans une interview, lorsque vous étiez plus jeune, vous avez affirmé que toute femme sortant avec un homme riche avait des arrière-pensées sur le long terme.

Zeph demeura imperturbable, mais Imogen perçut un changement dans l'air, peut-être un brin de confusion.

— Quelque chose me dit qu'il faut être passé par là pour tirer ce genre de conclusion, dit-il sèchement.

— Je suis mal placée pour avoir un avis sur la question, répliqua Imogen piquée au vif.

— Nous étions-nous rencontrés avant ce... cet accord ?

— Non. Mais vous connaissiez mon père. Et si vous vous posez la question... Je n'étais pas votre type.

À ces mots Zeph roula vers le bord du lit avec agilité et grâce, et enveloppa de sa grande main la joue et le cou d'Imogen, qui n'osa plus bouger.

— Et quel serait mon type, selon vous ?

— Les héritières. Les top models. Les filles de présidents. Quelques-unes des plus belles femmes du monde clament avoir été vos maîtresses.

Ses yeux se plissèrent.

— Vous avez fait une allusion en ce sens hier. Sauf erreur, j'ai souligné que ce passé qui semble vous intriguer ne m'a pas empêché de vous passer la bague au doigt.

— Non... Vous...

La prise sur sa nuque s'affermit, comme pour imprimer la suite dans sa peau.

— Je suis un homme puissant, reprit Zeph. Et non dépourvu d'intelligence. Je pense avoir assez de ressource pour affronter n'importe quelle situation. Pensez à cela lorsque vous vous demandez pourquoi je vous ai choisie.

Non !

Ce cri de protestation monta dans sa gorge. Car prendre Zeph au mot, cela signifierait...

— Pourquoi désirez-vous cela ? Pourquoi me désirez-vous, moi ?

La question parut le dérouter autant qu'elle la surprit elle-même. Puis l'assurance à toute épreuve de Zeph refit surface.

— Parce que vous êtes la première femme à susciter une réaction aussi... intéressante chez moi depuis mon réveil à Efemia.

— C'est tout ? Je vous *intéresse* ? Qu'est-ce qui prouve que vous ne trouverez pas tout aussi intéressante la prochaine femme qui montera à bord de ce yacht ?

Zeph fronça les sourcils.

— Je ne vous ai *pas* trompée.

Sa conviction les surprit autant l'un que l'autre.

— En effet, confirma Imogen dans un murmure.

— Alors ne m'insultez pas en insinuant que je pourrais être aussi volage !

— Vous étiez sur le point d'en épouser une autre lorsque je vous ai retrouvé.

Impérial, Zeph accueillit cet argument d'un simple hochement de tête.

— Exact. Mais si cela peut vous rassurer, Thea ne m'intéressait pas autant que vous, et je suis convaincu qu'elle m'aurait épousé pour des raisons exclusivement pragmatiques.

— L'aviez-vous demandée en mariage ?

Pourquoi était-ce aussi important pour elle ? Pourquoi son cœur battait-il plus fort quand elle pendait à Zeph posant un genou à terre devant une autre ?

— Pas de la façon traditionnelle. Tout est parti d'une discussion générale, informelle, qui a pris des proportions imprévues.

— Je ne comprends pas.

— Disons que des trois personnes impliquées, Petros était le plus enthousiaste à l'idée de ce mariage.

Au souvenir de l'hostilité du vieil homme dans la chapelle, Imogen serra les poings.

— Eh bien, eh bien, vous voilà toute pâle !

— Je ne… C'est juste que…

Elle se sentait chavirer. Zeph n'avait pas les informations nécessaires pour étayer les certitudes qu'il affichait ce matin-là, pourtant son cœur, en proie à des aspirations absurdes, les avait absorbées comme le sol desséché boit la pluie.

Ces aspirations étaient celles de l'enfant qu'elle avait été, désespérée de recevoir cette pluie salvatrice. L'enfant qui rêvait que son père la *voie*, la reconnaisse et lui témoigne de l'amour avec la même conviction que le Zeph nouveau, inconscient de sa vraie nature, semblait s'appliquer à la persuader qu'elle pouvait obtenir l'impossible.

Lancé dans un monde dont il avait tout oublié, il n'avait paru désarmé à aucun moment, mais il avait eu besoin de ses soins la veille. Il l'avait écoutée. Il semblait même ne pas avoir envie de la quitter, et quand bien même Imogen aspirait à l'indépendance, de sa vie elle n'avait ressenti une émotion pareille. Alors oui, l'idée d'y croire la terrifiait, mais… Était-ce si dangereux de caresser ce rêve un moment ? Un très bref moment…

Oui.

Elle se fendit d'un sourire pour alléger l'atmosphère devenue pesante comme à l'approche d'une tornade contre laquelle elle n'était pas certaine d'être préparée.

— Mettez-vous à ma place, dit-elle. Comment auriez-vous réagi face à cette situation ?

— Moi ? J'aurais littéralement pris feu. Je vous aurais jetée sur mon épaule et emportée comme un homme des cavernes l'aurait fait. Ensuite, j'aurais passé le mois suivant sur votre corps, ici dans cette cabine verrouillée à double tour, histoire de vous rappeler à qui vous appartenez.

Imogen resta bouche bée.

Le rire de Zeph la fit presque sursauter.

— Mais puisque les rôles sont inversés et que ma femme semble réticente à l'idée de nos retrouvailles, je vais plutôt essayer d'y aller doucement.

Imogen se mit en mouvement vers la porte avec effort, tant son corps se rebiffait à la perspective de se voir refuser ce qu'il réclamait haut et fort.

— Vous fuyez encore ?

Elle s'immobilisa au pied du lit. Surtout ne pas mordre à l'hameçon. Mais, bon sang ! Cet homme la rendait folle.

Sur une impulsion, elle grimpa sur le lit et le toisa.

— Très bien, dit-elle, je ne bouge plus. Allez-y, je m'attends au pire de votre part.

Elle regretta aussitôt ses paroles. C'était de la pure provocation. Comme agiter un morceau de viande juteuse sous le nez d'un lion et espérer qu'il ne croquerait pas aussi la main qui le tenait.

Lorsqu'un sourire infernal, dévastateur, se dessina sur le visage de ce pécheur immoral, elle comprit qu'elle était bel et bien prise au piège.

— Au pire ? Mais pas du tout, *glikia mou.* Vous ne recevrez de moi que le meilleur.

Sur ces mots, il l'enlaça d'un bras ferme pour l'attirer contre lui.

Mais le baiser auquel aspirait son corps tout entier, elle le savait maintenant, ne vint pas tout de suite. Zeph baissa les yeux sur son visage, sa gorge palpitante, sa poitrine soulevée par des halètements, savourant les signes de sa reddition.

Ce fut le seul avertissement qu'elle reçut avant qu'il fonde sur ses lèvres.

Cela débuta comme une réplique des étincelles qui avaient fait pétiller ses veines la veille, dans l'appartement d'Athènes.

Mais très vite cette sensation s'amplifia, sauvage, incontrôlable, lorsque la langue de Zeph se fraya un chemin entre ses lèvres avec une sensualité si ardente qu'elles s'ouvrirent à elle comme une fleur.

Et... Oh ! C'était sublime.

Elle glissa les mains le long des bras nus et puissants de Zeph, droit vers sa nuque pour s'y cramponner pendant ce voyage palpitant, et s'étira de tout son long, avide, éperdue, aspirant à plus encore avant même d'avoir repris son souffle.

Il embrassait comme un homme né pour l'amour. Ses expériences ne l'avaient pas préparée à distinguer un baiser correct d'un médiocre, et alors ? Tout ce qu'elle savait c'était que son mari embrassait en maestro. Elle lui répondit de son mieux, en élève disciplinée et désireuse d'apprendre.

Cette langue caressait la sienne avec une belle impudeur. De très loin Imogen s'entendit gémir et se mit à trembler sous l'assaut du plaisir qui la submergeait comme Zeph resserrait son étreinte.

« J'aurais littéralement pris feu. »

C'était idiot, mais elle se sentait mieux de le savoir. Ce qui faisait aussi d'elle une femme des cavernes. Et alors ? Sans hésiter, elle pétrit ses épaules à pleines paumes, griffa les muscles fermes qu'elle avait soignés la veille avec de tout autres intentions, se régala du frémissement qui le secoua.

— *Nai*, comme ça !

Ce murmure d'encouragement la propulsa dans une autre dimension. S'enhardissant, elle lui mordilla la lèvre et savoura son grognement approbateur. Il lui retourna la politesse sous la forme de petits coups de dents sensuels. Imogen se relâcha, vaincue, offerte.

Sans prévenir, il la retourna sur le dos. Quel bonheur de sentir les oreillers sous elle ! Ses jambes s'ouvrirent d'elles-mêmes pour accueillir cet homme qui la contempla avec gourmandise avant de venir se poser sur elle en douceur.

Le baiser qui suivit se révéla plus décadent encore, vorace

et mouillé de salive, leurs langues entamant un duel pour donner et recevoir le plus de plaisir possible.

— *Theós !* vous avez un goût sublime, dit-il d'une voix rauque, libérant ses lèvres pour explorer sa joue, son cou, humant sa peau en gourmet avant de capturer le lobe de son oreille entre ses dents. Je me retiens de justesse de vous dévorer toute crue.

Aiguillonnée, elle referma les doigts sur sa tignasse et attira sa bouche à elle, impatiente de goûter encore à la magie sensationnelle qu'ils créaient ensemble. Il accéda aussitôt à son désir avec un petit rire traduisant à quel point cette réaction fébrile lui plaisait.

Imogen s'aperçut que son peignoir s'était de nouveau rouvert lorsque des lèvres brûlantes se posèrent sur la rondeur d'un de ses seins puis dérivèrent vers sa pointe pour la happer.

— Oh !

Imogen se cambra violemment, foudroyée par une onde de plaisir. Elle crispa les poings dans ses cheveux. En voulait-elle encore, ou aspirait-elle à un répit ? Impossible de le savoir. Zeph avait déjà choisi, bien évidemment. Ses doigts s'employaient déjà à tourmenter son autre mamelon. Elle ferma les yeux, des mots incohérents au bord des lèvres, tandis qu'il poursuivait son chemin érotique vers son ventre et le bord du string minuscule qu'elle portait.

Lorsqu'il en saisit le tissu et le fit glisser le long de ses jambes, un zeste de conscience fit timidement surface dans cet océan de plaisir. Elle se doutait de ce qui allait suivre. Or, elle n'avait tenté qu'une fois la chose, avec un résultat désastreux qu'elle n'avait aucune envie de revivre.

— Je... Je ne suis pas... Vous êtes sûr que c'est ce que vous voulez ?

La tête entre ses cuisses, il plongea les yeux dans les siens.

— Vous n'en avez pas envie ?

Un frisson la traversa.

— Si, mais...

— Vous n'avez pas confiance en mes pouvoirs ? Soyez tranquille. Je vais vous faire perdre la tête.

Joignant le geste à la parole, il gratifia son sexe de petits coups de langue, comme si c'était un mets exquis à savourer lentement. Alanguie, elle gémit et se mordit le poing.

Alors il écarta d'autorité ses cuisses pour festoyer tout son soûl, avec une audace étourdissante.

Imogen ne gémissait plus, elle chantait. Une mélopée sourde et fiévreuse, à la gloire des talents d'amant de cet homme qui l'emmenait vers les étoiles en ponctuant ses exploits de murmures en grec. Alors qu'elle cherchait à tâtons une prise sur les draps, les longs doigts déliés de Zeph s'invitèrent au plus profond de ses chairs.

Son cri déchira le silence de la cabine. Elle perdit soudain le sens du temps et de l'espace, tout entière livrée au plaisir qui la soulevait et la projetait droit vers le firmament. Dans un éclair de lucidité, elle prit conscience que c'était à Zeph qu'elle s'accrochait maintenant comme si sa vie en dépendait. À ses mains, à ses épaules. Il remontait lentement, versant au passage une pluie de baisers sur son corps indolent. Puis il scella les lèvres aux siennes d'un baiser voluptueux qui ne faisait pas mystère de son désir.

Un peu hébétée, Imogen s'aperçut qu'ils étaient revenus à leur position du matin à son réveil, exactement. Coïncidence ou magie mystique ? Et Zeph qui l'embrassait avec une faim croissante...

Ne pas céder à la panique. Ne pas se laisser submerger par l'afflux de sensations et d'émotions...

Pour cela, le mieux était de passer à l'action. Après lui avoir rendu ses caresses un moment, elle prit résolument les devants, entamant son propre voyage. Elle s'arracha aux lèvres de Zeph et, passant outre son grognement réprobateur, lui mordilla la joue, puis lécha doucement sa gorge.

Avait-elle seulement une idée précise de ce qu'elle était en train de faire ? Son expérience se limitait à de furtives étreintes dans le noir qui s'étaient terminées trop vite pour entrevoir le vrai plaisir… Mais Zeph ne semblait pas contrarié, loin de là. Elle descendit agacer ses tétons de la pointe des dents. Zeph frémit sous ses doigts. Du coin de l'œil, elle le vit qui agrippait l'oreiller à pleines mains tout en la fixant d'un regard brûlant.

— *Nai,* souffla-t-il. Encore !

Cette supplique la galvanisa.

Toute inhibition envolée, elle explora à loisir son ventre plat avec les mains, la bouche… et buta sur la ceinture de son pyjama.

Voyant son hésitation, Zeph se redressa dans un sursaut et se débarrassa de son pantalon qu'il jeta par terre avant de se rallonger.

Imogen eut un léger vertige à la vue de son sexe vigoureux. Pas étonnant que cet homme dégage une assurance aussi arrogante et se croie le roi du monde !

— Mettez fin à ma torture, *yineka mou*, l'implora-t-il.

Docile, elle s'humecta les lèvres et les referma autour de son membre dressé.

Le cri que laissa échapper Zeph signa son triomphe. Très vite, il lâcha l'oreiller pour enfouir les doigts dans ses cheveux tandis qu'elle prodiguait ses soins attentifs au sexe soyeux et brûlant qui palpitait dans sa bouche.

Les sons inarticulés qui ponctuaient ses caresses rallumèrent bientôt son propre désir. Comme elle gémissait de conserve, Zeph jura tout bas.

— Je devrais vous épouser de nouveau, dit-il d'une voix altérée. Que tous sachent que vous êtes à moi et à personne d'autre !

Imogen sentit un souffle glacé lui parcourir l'échine.

— Pa… pardon ?

Il grogna de plus belle, sensible au léger souffle d'air produit par ce chuchotis sur son sexe.

— Vous m'avez parfaitement entendu. Ne vous arrêtez pas, surtout...

Bien que très tentée de poursuivre ses caresses, Imogen hésita, partagée entre la joie que lui procurait cette déclaration et l'angoisse à l'idée qu'elle ne se concrétiserait jamais.

Si elle en était là, c'était parce qu'elle avait lâché la bride à ses émotions. Et chaque moment qu'elle passait dans ce nirvana factice était la promesse d'un enfer dans un proche avenir.

Le bon sens prévalait, et c'était mieux ainsi, se dit-elle fermement. Les choses étaient allées trop loin, trop vite.

— Non, dit-elle.

Silence.

Il lâcha ses cheveux, lui saisit le poignet et la repoussa vivement. Puis il se leva et remit son pyjama, le visage fermé.

À sa grande honte, Imogen se désola aussitôt de le perdre. À peine avait-il fait un pas de côté qu'elle oscillait vers lui malgré elle, telle une fleur cherchant la chaleur du soleil.

— Non ? répéta-t-il d'un ton glacial.

Imogen rassembla son courage.

— Non, confirma-t-elle. Cela n'arrivera pas. Vous semblez prendre mes objections pour un défi ou un affront, mais vous est-il venu à l'esprit que je pourrais ne pas vouloir la même chose que vous ?

Il esquissa un sourire dénué de joie.

— C'est l'occasion, alors. Je vous écoute. Dites-moi donc ce qui vous chagrine dans l'idée d'épouser une seconde fois votre mari.

Reprenant son peignoir sur le lit, Imogen l'enfila tant bien que mal et en noua la ceinture avec soin.

— Pour commencer, vous êtes de retour depuis moins de vingt-quatre heures !

— Soit. Si vous avez besoin de temps, nous pouvons en discuter. Quoi d'autre ?

— Comment ça, « quoi d'autre » ? Nous ne devrions même

pas avoir fait... ce que nous venons de faire, bredouilla Imogen avec un geste vers le lit en bataille.

— Pour une femme démontrant un aussi bel appétit, vous semblez acharnée à vous autoflageller dès que le désir pointe son nez... Cachez-vous derrière des prétextes si cela vous chante, mais je veux une réponse.

Cette réponse, Imogen l'avait sur le bout de la langue. Mais comment la lui donner sans que s'écroule le château de cartes qu'ils avaient construit pour maintenir le statu quo ?

— J'attends, ma chère épouse. Pourquoi vous être donné la peine de me retrouver ? D'autant que vous étiez bien la seule à me chercher, d'après ce que j'ai pu constater depuis mon retour, ajouta-t-il avec amertume. Votre attitude défie le bon sens. Vous auriez pu me laisser croupir sur cette île paisible, oublié de tous. Pourquoi ne l'avez-vous pas fait ?

— Parce que je ne voulais pas attendre sept ans !

À ces mots, qui étaient sortis tout seuls, Zeph se pétrifia tel un de ces fameux dieux grecs sculptés dans le marbre.

Quelle splendeur ! songea distraitement Imogen.

— Expliquez-moi, dit-il. Tout de suite !

Vaguement nauséeuse après cette gaffe, Imogen se recroquevilla sur le lit. Puis, se remémorant à qui elle avait affaire, elle se redressa lentement et fixa le mur derrière lui à défaut de trouver la force de le regarder en face.

— Les avocats étaient tous d'accord, si vous n'étiez pas retrouvé je devais attendre sept ans pour que vous soyez déclaré mort. Je... je ne voulais pas de ce boulet.

— Encore une fois, pourquoi ? Vous aviez une place prépondérante au conseil et mes milliards à disposition...

— Ce n'était pas une question d'argent ou de pouvoir. C'était ma vie qui était en jeu. Ma liberté !

— Votre *liberté* ? Loin de moi, vous voulez dire ?

Un peu hébétée, Imogen acquiesça en silence.

Zeph inspira une bouffée d'air.

— Alors, voyons si j'ai bien compris. Votre plan était de me retrouver, puis de divorcer ?

Il y avait de l'incrédulité dans sa voix. Mais aussi une fureur contenue, qui réveilla subitement la pugnacité d'Imogen.

Elle se leva tant bien que mal, ignorant les tremblements de son corps, vestiges des moments sensuels partagés avec lui. Mais au moment de répondre, elle se remémora les conseils du médecin et hésita.

— N'essayez pas de me cacher quoi que ce soit ! s'écria Zeph. Je n'hésiterai pas à interroger chaque employé, chaque membre du conseil, chacune de mes relations jusqu'à obtenir la vérité. Une vérité que nous étions convenus de ne pas dévoiler je suppose, pour une raison quelconque.

— Très bien. Vous voulez savoir pourquoi ? Notre accord prévoyait une possibilité de demande de divorce pour l'un et l'autre au bout de trois ans de mariage.

Zeph resta d'abord interdit, puis il secoua la tête.

— Ce n'est pas possible !

— Mais si. C'est vous-même qui avez tenu à ajouter cette clause dans l'accord rédigé par vos avocats.

— Et vous êtes pressée de rompre parce que…

Il s'interrompit net. Ses yeux lancèrent des éclairs.

— Y a-t-il quelqu'un d'autre ? demanda-t-il d'une voix coupante. Qui est-ce ? Ce jeune chiot sorti de Harvard qui renifle autour de vous ?

— Non ! C'était dans notre accord !

Il lui tourna le dos. Ahurie, Imogen le regarda gagner le salon d'un pas martial.

— Qu'est-ce que vous faites ?

De retour dans la chambre, il lui tendit son téléphone.

— Il existe un accord entre nous, dites-vous ? Je veux en connaître les termes exacts. Appelez mon avocat.

Elle comprit que toute résistance était inutile.

À qui la faute, sinon à elle-même ? Elle avait laissé échapper un détail qu'elle aurait dû taire. Refuser sa demande maintenant ne ferait qu'aggraver le problème.

Elle prit le téléphone, et appela le cabinet de juristes auquel Zeph recourait pour ses affaires privées. Son nom suffit, on prit immédiatement son appel en considération. Elle rendit l'appareil à Zeph, et une seconde plus tard un torrent de paroles en grec résonna dans l'écouteur. La conversation dura moins de trois minutes.

Après avoir raccroché, Zeph sortit de la pièce et revint peu après avec un ordinateur dans les mains.

— Asseyez-vous, Imogen.

Seigneur ! Qu'avait-elle fait ?

Elle obéit tandis qu'il ouvrait un document, à coup sûr celui que le cabinet juridique lui avait fait parvenir en un temps record. Il le parcourut lentement, le front plissé sous l'effet de la concentration, puis éteignit l'ordinateur.

— J'ai une bonne et une mauvaise nouvelle pour vous, ma douce. Après lecture express de cet accord, je vois déjà quelques failles à exploiter. De quoi vous tenir occupée *et mariée* pour plus de trois années.

Le cœur d'Imogen se serra.

— Zeph...

Il esquissa un sourire en coin.

— C'est un peu tard pour tenter de m'amadouer avec cette voix sexy.

— Je ne faisais rien de la sorte !

Le sourire de Zeph s'élargit.

— Très prometteur, tout ça. Ce sera un régal de voir jusqu'où vous résisterez à ce que vous voulez vraiment.

— Pardon ? Qu'est-ce que...

— J'ai une nouvelle proposition à vous faire. Vous m'offrez six mois inoubliables, et j'envisagerai de vous laisser partir, comme le prévoyait l'accord originel.

— Six mois... *inoubliables* ? répéta Imogen la bouche sèche. Qu'entendez-vous par là au juste ?

La lueur machiavélique dans le regard de Zeph ne fit rien pour apaiser ses craintes.

— Votre époux tout juste revenu d'entre les morts a constaté un certain manque d'enthousiasme chez sa femme...

— Je vous ai expliqué pourquoi.

— Et moi j'attends de vous une autre attitude.

— Vous n'êtes pas sérieux ! Et si je refuse ?

— Dans ce cas vous regretterez sûrement de ne pas avoir patienté sept ans pour vous débarrasser de moi une fois pour toutes. Quant à moi... J'insisterai sans doute pour que nous attendions le temps qu'il faudra le retour de mes souvenirs, afin d'y voir plus clair.

Il se leva et la considéra de toute sa hauteur.

— Je vous suggère de réfléchir de façon à me donner une réponse d'ici le dîner.

Là-dessus, il tourna les talons.

— Où allez-vous ?

— Soigner la frustration que vous m'avez infligée. Je vous suggère de décamper avant mon retour !

La porte de la salle de bains claqua derrière lui.

Zeph eut beau faire, sa main n'était pas aussi douée que la bouche d'Imogen pour lui procurer des sensations fortes. Les révélations enfin venues au jour tournaient dans sa tête, et la satisfaction tardait à venir.

Imogen.

L'épouse qui comptait les minutes avant d'être libérée de lui...

Jurant tout haut, Zeph tourna à fond le robinet vers le froid, renonçant à atteindre le moindre plaisir. La petite voix moqueuse lui soufflant qu'il aurait dû lâcher l'affaire jubilait.

Six mois.

Six mois d'ici la fin possible d'un mariage qu'il n'avait même pas le souvenir d'avoir contracté.

Six mois avec la perspective de se retrouver après son

départ aussi seul que le jour où il s'était réveillé parmi des visages inconnus, dans une maison inconnue, sur une île perdue au milieu de nulle part.

Six mois pour se purger de cette réaction chimique insensée qu'elle suscitait chez lui. Si ses liaisons passées avaient été aussi brèves qu'elle le prétendait, ces six mois seraient plus que suffisants. Et s'ils convenaient de se séparer à ce moment-là quoi qu'il arrive…

Était-il inquiet à l'idée de se retrouver seul au point de se raccrocher à une chimère ? Non. La connexion entre eux était bien réelle. Il l'avait sentie la veille. Imogen l'avait soigné de son plein gré, et de son côté il avait… aimé cela. Il était assez fin pour savoir qu'il avait le pouvoir de vaincre ses résistances. La plupart d'entre elles, tout au moins. Le temps et la proximité feraient le reste. Où était le mal ?

Il disposait de six mois. C'était assez pour récupérer ses souvenirs, en y mettant toute sa volonté. L'épisode du mécanisme sur la terrasse l'avait prouvé, ce n'était qu'une question de temps. Il venait de s'en donner.

Mais… s'il échouait ?

Une nausée lui souleva l'estomac. Il tourna le robinet et sortit de la douche, pas plus heureux qu'en y entrant.

Tout en s'essuyant les cheveux, il se résigna à regarder la réalité en face.

Alors que les événements de la veille auraient dû lui procurer une certaine satisfaction, il se sentait dériver, aussi perdu que dix mois plus tôt en se réveillant sous un toit inconnu.

Il était rentré chez lui et se faisait l'effet d'un étranger dans sa propre maison.

Il avait retrouvé sa femme et se sentait plus déconnecté et seul que jamais.

Un milliardaire tombé dans un dénuement complet de l'âme.

Et plus d'une fois la veille, il avait eu le sentiment assez angoissant qu'il ne se débarrasserait pas si facilement de ces sensations indésirables, même une fois ses souvenirs revenus.

Zephyr Diamandis, au-delà de la réussite impressionnante attachée à son nom, était loin de baigner dans la sérénité.

Bien entendu, jamais il ne l'admettrait devant quiconque.

On ne collectionnait pas les prouesses en affaires comme ailleurs en avouant ses faiblesses ou ses inepties passagères. Non ! Ses faiblesses, on les *combattait*.

Ici, l'angle d'attaque le plus évident était Imogen.

Zeph pénétra dans son dressing tout ragaillardi, déterminé à mettre à profit de chaque seconde de ces six mois qu'il avait négociés pour découvrir qui il était vraiment. Peut-être était-ce présomptueux de sa part, mais puisque l'échec était exclu…

Il troqua pour la première fois short et T-shirt, sa tenue fétiche, contre un pantalon de lin blanc et une chemise assortie. Pas de chaussures – il aimait sentir le mouvement de la mer sous ses pieds nus. Une façon peut-être de se connecter à son passé immédiat. Pourquoi changer si ce n'était pas nécessaire ?

Imogen avait disparu, ayant manifestement tenu compte de son avertissement. Zeph ignora la pointe de déception qui le traversa. Aurait-il vraiment pris plaisir à une nouvelle prise de bec avec elle ?

Comme il sortait dans le couloir, un steward posté devant sa porte s'avança aussitôt.

— Bonjour, monsieur Diamandis. Aimeriez-vous un petit déjeuner ?

— Oui.

— Une préférence pour le lieu où il vous sera servi ?

— Où ma femme prend-elle le sien ?

— Dans la petite salle à manger du pont supérieur.

— Dans ce cas, je vais la rejoindre.

— Bien, monsieur.

Comme le jeune homme s'attardait, Zeph soupira.

— C'est bon, vous pouvez disposer. Je trouverai mon chemin seul.

Alors qu'il montait l'escalier, un détail lui revint subitement à l'esprit.

Un détail qui l'avait frappé au réveil ce matin-là, avant de refluer sous le déluge des sensations pendant le corps-à-corps avec sa femme.

Pour la première fois depuis qu'il avait perdu la mémoire, il n'avait *pas* fait le cauchemar qui le laissait d'habitude en sueur et désorienté, un point d'interrogation sur cette zone de son passé tatoué sur la peau.

Cela, grâce à Imogen...

En arrivant sur le pont supérieur, Zeph se répéta fermement qu'il avait pris la bonne décision.

Nai, garder Imogen auprès de lui était la clé pour récupérer ses souvenirs. Pas question de laisser cette chance lui filer entre les doigts.

7

Imogen s'était attardée sous la douche, revivant chaque moment de l'épisode dans la chambre de Zeph, balançant entre le remords d'avoir laissé les choses aller trop loin et la frustration d'avoir encore essuyé la colère de son mari alors que c'était lui qui avait exigé sa présence sur ce yacht.

Puis elle s'était imposé dix minutes de yoga pour apaiser son esprit et avait quitté sa cabine persuadée d'avoir repris le contrôle de ses émotions. Elle n'avait aucun moyen de se soustraire aux six mois de vie commune exigés par Zeph. Pour la part d'« inoubliable », il lui faudrait improviser. À quoi bon y penser dès maintenant ?

Tout en sirotant son café à petites gorgées, les yeux sur le siège vide devant elle, Imogen se dit qu'elle était prête à affronter Zeph.

Elle mesura l'ampleur de sa méprise à l'instant où Zeph apparut sur le pont et se dirigea vers elle d'un bon pas, tout de blanc vêtu. Bon sang ! Existait-il une couleur qui ne le flattait pas ? Et toujours pieds nus avec ça, une touche de naturel qui le rendait plus irrésistible encore, en homme connecté au cosmos et sûr de sa place dans le monde.

Contre sa propre volonté, elle scruta son visage, le cœur affolé quand elle pensait à ce qui s'était passé entre eux. Serait-il toujours d'humeur glaciale ?

Comme il se bornait à tirer une chaise pour s'asseoir,

Imogen s'autorisa à se détendre un peu. On leur servit du café et des fruits. Zeph déplia d'un geste vif sa serviette et tourna les yeux vers elle. Imogen se détesta de retenir soudain son souffle, tous les sens en alerte.

— Cet accoutrement est-il censé me rebuter ? demanda-t-il avec un petit sourire, détaillant son chemisier à manches longues et sa jupe crayon.

Avait-elle enfilé sa tenue de travail habituelle pour se donner confiance ? La réponse était oui.

Rien de mal à cela, se répéta-t-elle.

— Si nous nous épargnions ce genre de scène ? proposa-t-elle, au désespoir.

Le sourire de Zeph disparut.

— De quoi parlez-vous ?

— Vous le savez très bien. Vous me provoquez...

Zeph se fendit d'un sourire aussi bref que cynique.

— Vous êtes habillée comme si vous alliez au bureau. Un jour à peine après le retour de votre mari. Comme si vous n'aviez pas envie de passer du temps avec lui... Ce n'est pas l'impression que nous cherchons à donner, je pense.

— C'est un jour ouvré. Et je n'ai pas le souvenir d'avoir accepté de laisser tomber mon travail au profit de cette petite escapade.

Imogen se crispa, navrée de devoir afficher une telle indifférence. Mais avait-elle le choix ? Elle ne faisait que suivre son exemple, donné deux ans plus tôt. Après ce qui s'était passé la veille et ce matin même encore, s'écarter du droit chemin semblait risqué. Qu'il pense donc ce qu'il voulait !

Il y eut un bref silence. Zeph vida sa tasse de café et s'en versa une autre. Puis il se servit quelques tranches de jambon ibérique fumé tout spécialement pour le yacht, y ajouta du pain beurré et des condiments, en mordit une belle bouchée et fixa Imogen tout en mâchant.

— Très bien, dit-il. Si vous voulez la jouer comme ça...

— Qu'est-ce que cela signifie ?

— Rien de grave, je vous rassure. Si vous voulez travailler aujourd'hui, nous travaillerons. J'ai hâte d'apprendre à vos côtés.

Elle secoua la tête.

— Vous ne voulez pas dire que…

— Mais si. J'ai hâte de découvrir notre programme du jour.

Là-dessus il se remit à manger avec appétit.

Imogen de son côté se força à avaler un peu de nourriture avant de repousser son assiette à moitié pleine sous le regard réprobateur de Zeph. Impossible de chasser de sa tête l'image de cet homme complètement nu, sur le point de jouir…

Son esprit vagabondait encore lorsque Zeph se leva et se pencha vers elle par-dessus la table.

— Je n'irai nulle part sans vous, ma chère épouse, chuchota-t-il à son oreille. Je vous suggère de vous y habituer très vite.

Il s'éloigna d'un pas léger, emportant avec lui tout l'oxygène disponible dans la salle à manger.

Imogen se leva à son tour et gagna le bureau à sa suite dans un état second. Zeph attendit qu'elle se soit installée devant l'ordinateur pour venir s'asseoir à côté d'elle.

— Par quoi commence-t-on ?

— Je dois contacter le conseil, répondit Imogen, bataillant contre l'émoi que lui causait cette promiscuité. Une visioconférence est prévue dans cinq minutes.

Il hocha la tête et se renversa contre son dossier, les bras croisés.

Imogen parcourut rapidement ses mails et grimaça.

— Un problème ? demanda Zeph.

— Les frères canadiens essayent de nous mettre des bâtons dans les roues.

— Montrez-moi.

Elle tourna lentement l'ordinateur vers lui.

Quelques secondes plus tard, Zeph déclara :

— Ignorez-les.

— Quoi ?

— Laissez-les mariner un peu. Cinq ou six jours. Ensuite, dites-leur non. Ils prennent l'accord tel quel ou nous nous retirons.

Alors qu'elle s'apprêtait lui demander s'il était sûr de lui, un signal sonore annonça l'appel vidéo.

— Faites-moi confiance, murmura-t-il. Faites-*vous* confiance.

Imogen écarquilla les yeux.

« Faites-vous confiance. »

Un encouragement positif ! Le premier de sa vie. Ce fut comme un déclic. Elle se fit presque peur en découvrant qu'elle aspirait à en recevoir encore.

Que c'était même un *besoin*.

Heureuse de cette diversion, elle se connecta à la réunion. Sept visages s'affichèrent à l'écran.

Apostolos Goumas, le plus âgé, le plus critique aussi, braqua sur elle un regard noir. Depuis le début, il réprouvait et son mariage avec Zeph – qu'il avait espéré voir s'unir à sa fille disait-on –, et son statut au conseil d'administration. Il aurait sans doute dissuadé sa propre fille d'occuper une place dans ce conseil, exclusivement réservé aux hommes dans son esprit.

— Vous avez localisé votre mari et vous n'avez pas jugé bon de nous en informer ? aboya-t-il.

À distance elle perçut l'agacement de Zeph. Sûrement parce qu'elle le partageait. Des années de pratique l'aidèrent néanmoins à se contenir.

— Avant toute chose, dit-elle, j'ignorais que j'avais des comptes à vous rendre, Apostolos. Par ailleurs, qu'auriez-vous fait si vous l'aviez su ? Si mes souvenirs sont exacts, vous me pressiez depuis des mois de le déclarer disparu en mer. D'où vous vient ce besoin urgent de le savoir vivant et en bonne santé ?

Le vieil homme se raidit et se pencha en avant, à coup sûr pour répliquer vertement et la remettre à sa place, mais un de ses collègues le devança.

— Est-ce qu'il va bien ? demanda Vasili.

Dans ce banc de requins, Vasili était peut-être le moins agressif. Non qu'il hésite à la prendre de haut comme ses collègues à l'occasion – il y mettait juste un peu moins de cœur.

— Oui, répondit-elle, il va très bien.

Elle se garda d'offrir des détails, si bien que l'irritation se peignit sur tous les visages à l'écran.

— Écoutez-moi bien, jeune fille, reprit Apostolos d'un ton comminatoire, vous n'avez pas le droit de nous laisser dans l'ignorance. En notre qualité de membres de son conseil d'administration, nous avons besoin de savoir quand il reviendra, et dans quel état d'esprit. *S'il* revient... Dites-nous tout au moins où il était pendant tout ce temps ! Vous ne pouvez pas choisir comme ça vous chante le moment de...

— Je peux, répliqua Imogen, impavide. C'est mon mari.

Son interlocuteur s'empourpra violemment.

— Et l'impact que cette nouvelle aura sur la Bourse ? Vous y avez songé ? Ce pourrait être une catastrophe !

— J'ai vérifié ce matin, comme vous-même sûrement. Le titre Diamandis se porte à merveille et, à mon sens, la nouvelle du retour de Zeph le fera bondir au contraire. Mais cette nouvelle ne sortira pas en fonction de votre calendrier, Apostolos, ni de celui d'aucun autre membre de ce conseil.

Avec cette déclaration, Imogen récolta une volée de regards assassins.

« Faites-vous confiance. »

Réprimant son envie de jeter un coup d'œil à son voisin pour se rassurer, elle garda la tête haute et droite, les yeux fixés sur un point neutre.

Comme de juste, Apostolos fut le premier à s'insurger.

— Vous osez nous faire la morale sur l'évolution de la santé de l'entreprise ?

— Ce n'est pas une leçon de morale, répliqua Imogen d'une voix douce. C'est un simple désaccord.

— Qu'est-ce qui nous prouve que ces rumeurs sont fondées,

d'abord ? Aucun de nous ne pensait qu'il y avait une chance qu'il soit encore en vie. Comment savoir si tout cela n'est pas une invention de votre…

Zeph s'était levé, et la verve d'Apostolos s'effrita lorsque sa silhouette apparut derrière Imogen. Mieux, il se pencha pour se placer à sa hauteur. Des exclamations vite étouffées retentirent.

— Je vais faire comme si je ne venais pas de vous entendre traiter ma femme de menteuse, déclara-t-il d'un ton sec.

Imogen les regarda encaisser le choc là-bas à Athènes et se ratatiner sous le regard acéré du grand patron. Puis jaillirent des bribes de mots, des sourires composés à la hâte. Zeph réduisit tout ce petit monde au silence en levant la main.

— *Kalismera,* messieurs. Vous le voyez, je suis vivant et en pleine forme, comme vient de vous le dire mon épouse. Je prendrai contact avec vous lorsque je le jugerai bon. Entre-temps vous montrerez à ma femme tout le respect qu'elle mérite. Dans le cas contraire, ajouta-t-il en tournant les yeux vers Apostolos, les conséquences ne vous plairont pas. Cela vaut pour chacun d'entre vous.

Imogen esquissa un geste pour mettre fin à l'appel, mais Zeph intercepta sa main.

— Une dernière chose. Ma femme et moi-même serons indisponibles pendant les prochaines semaines. Nous avons beaucoup de temps à rattraper, vous l'aurez compris. Puis-je compter sur vous pour prendre le relais et gérer les affaires courantes ?

En dépit des apparences, ce n'était pas une question, mais une directive, et personne ne pouvait s'y tromper. Il y eut un bref moment d'agitation, puis chacun acquiesça docilement.

— Bien, conclut Zeph. Ma femme vous transmettra sous peu par mail une information concernant les Canadiens. Son travail s'arrêtera là jusqu'à nouvel ordre. Elle attendra néanmoins chaque soir un rapport exhaustif de la part de chacun de vous.

Là-dessus, au beau milieu d'une avalanche de vœux de bon retour un peu tardifs en anglais et en grec, Zeph raccrocha.

Dans le silence qui suivit, il resta là tout proche, immobile, avec son odeur qui lui échauffait les sens et ses yeux qui semblaient lire jusque dans son âme.

— Vous n'aviez pas besoin de faire ça, murmura-t-elle.

— C'était ça ou les virer tous en bloc.

Imogen resta ahurie.

— Mais... Vous connaissez certains d'entre eux depuis des années...

Il haussa les épaules.

— Je m'en moque. Je ne permettrai pas qu'on vous manque de respect.

Tu ne me connais même pas ! Et lorsque tu retrouveras la mémoire et que tu découvriras que je suis l'ennemie ?

Imogen avait envie de lui crier tout cela.

Ce serait la seule façon de ne pas perdre de vue le bon sens...

Mais dans le même temps, les mots simples qu'il venait de prononcer se frayaient un chemin en elle et s'en allaient réchauffer la zone la plus vulnérable, celle qui désespérait d'être un jour à la hauteur et réclamait confiance et tendresse. Ces mots lui donnaient ce que personne d'autre n'avait su lui donner jusque-là.

Respect. Reconnaissance. Approbation.

La gorge nouée, Imogen releva les yeux et croisa le regard fiévreux de Zeph.

Elle crut deviner un sentiment de solitude au fond de ses prunelles. Aspirait-il à tisser un lien, par ces regards appuyés ?

Impossible. C'était oublier un peu vite quel genre d'homme elle avait face à elle. Il venait d'imposer sa volonté au conseil sans reconnaître aucun de ses membres. Tel était son pouvoir naturel sur les simples mortels.

Et pour peu qu'il parvienne à la soumettre elle aussi grâce à ce pouvoir...

— Indisponibles pendant les prochaines semaines, vous disiez ? murmura-t-elle tandis qu'il se rasseyait.

Il fit tourner son siège de façon à se retrouver face à elle et haussa un sourcil.

— Vous allez m'arracher la tête pour cela ?

— C'était prémédité, n'est-ce pas ?

— Pas tout à fait. Mais je ne peux m'empêcher de remarquer que vous prenez en charge la plus grande partie du travail. Le conseil doit servir à quelque chose. Aucun de ses membres ne semble être à Athènes en ce moment, je me trompe ?

Imogen se mordilla la joue.

— Ils ont pris leurs congés annuels la semaine dernière.

— Tous en même temps ?

Elle haussa les épaules.

— Est-ce vraiment grave, si j'aime travailler ?

— Oui, si cela vous prive de temps disponible pour votre mari qui vient de refaire surface. Et avant que vous protestiez... Cela ne vous enchante pas, c'est entendu, mais ma décision est prise.

— Vraiment ?

— Vous vous êtes donné beaucoup de mal pour me retrouver. Pardon, mais je ne peux pas ignorer ce qui se passe ici et passer à autre chose. Alors, ou vous m'expliquez ce que vous me cachez d'autre, ou nous passons du temps ensemble. J'ai dit que je vous laissais jusqu'au dîner, mais c'est maintenant que je souhaite entendre votre réponse.

— Si je comprends bien, j'ai le choix entre compromettre votre rétablissement en vous livrant des informations et passer du temps en votre compagnie ?

— Il y a bien une troisième option... Mais je ne prendrai pas le risque de vous voir prendre la fuite encore une fois.

Elle s'empourpra, et Zeph éclata de rire – un rire qui lui fit chaud au cœur en dépit de tout.

— Soit, dit-elle. Je vais m'organiser pour vous donner les six mois.

Une lueur de triomphe traversa le regard de Zeph.

— *Efharisto, yineka mou*, murmura-t-il.

— Eh bien, par quoi voulez-vous commencer ?

Sans un mot il se leva et alla presser le bouton de l'Interphone relié au poste de commande. Il eut un bref échange en grec, puis revint vers elle d'un pas nonchalant.

— Je viens de demander au capitaine de préparer un plan de route. Première étape, le Monténégro. Je me sens d'humeur aventureuse.

Ce n'était que la première d'une série de surprises assez inquiétantes qu'il lui réserva ce jour-là.

Après avoir informé par mail son assistante ainsi que l'équipe de direction de son départ en congés, Imogen descendit dans sa cabine enfiler un maillot afin de rejoindre Zeph pour une baignade matinale.

Elle trouva son dressing complètement vide.

Toutes ses affaires avaient disparu, jusqu'au dentifrice qu'elle avait utilisé la veille.

Furieuse, elle gagna la cabine de Zeph et frappa à la porte. Une voix vaguement amusée l'invita à entrer.

— Vous avez fait déménager mes affaires ? lança-t-elle tout en évitant de regarder le lit défait, mais aussi et surtout Zeph qui était déjà en maillot de bain.

Du coin de l'œil, elle le vit hausser les épaules.

— J'ai anticipé votre accord et agi en conséquence. Affront ou esprit pratique, à vous de voir...

— Mais... nous avions un accord pour dormir séparément jusqu'à présent.

Un muscle tressauta dans la joue de Zeph.

— Cet accord ne me convient plus.

— Pourquoi ? Vous voulez sauver les apparences ? L'opinion du personnel vous indifférait...

— Je compte procéder à un certain nombre de changements.

Imogen tressaillit. De quels changements parlait-il ?

Elle n'eut pas le courage de poser la question. Pour peu que la réponse ne soit pas celle qu'elle espérait, la déception serait trop cruelle.

Une onde de chaleur parcourut Zeph. Imogen semblait rêver de le tailler en pièces pour le punir de son arrogance. Il fut presque désolé de la voir simplement agiter une main dédaigneuse.

Lui aussi, au fond, aurait aimé comprendre ses propres motivations dans cette histoire. Il voulait sa femme dans son lit, mais son instinct lui soufflait que cela ne s'arrêtait pas là. Un besoin très inhabituel et intense, qui n'avait rien à voir avec le sexe, semblait s'être logé dans son ventre pour n'en plus bouger. Ce besoin l'incitait à se comporter d'une manière qui ne lui ressemblait guère, au vu de la réaction d'Imogen, mais il était irrépressible.

— Soit, je laisse courir pour cette fois, dit-elle enfin, esquivant son regard. J'espère que cela ne deviendra pas une habitude. Et que ce soit clair, il n'y aura pas de sexe entre nous.

Zeph retint un sourire.

— Compris, femme.

— Tout cela n'est qu'une plaisanterie pour vous, n'est-ce pas ?

— Pas du tout ! Je ne vois pas la nécessité de dépenser de l'énergie à batailler alors qu'elle pourrait être mieux utilisée ailleurs, voilà tout.

— Dans le sexe, par exemple ?

Elle essayait de lui rendre coup pour coup, seulement elle avait rougi, et ses yeux avaient pris cette teinte plus sombre, qu'il associait désormais à la montée du désir chez sa femme.

Oh oui ! elle le désirait autant qu'il la désirait.

— Pas tout de suite, dit-il, au grand dam de sa libido qui hurlait son impatience.

Les yeux écarquillés d'Imogen tombèrent sur le lit avant de glisser ailleurs.

— Alors... Qu'avez-vous en tête ?

— Croyez-le ou non, j'aimerais qu'on parle de vous.

— De *moi* ?

— Quittez cet air angoissé, *glikia mou*. Ce ne sera qu'une petite discussion, que nous aurons dès que vous aurez enlevé cette tenue affligeante d'ennui.

Imogen émit un son inarticulé et s'éloigna, ulcérée, son joli petit nez en l'air, vers le dressing adjacent au sien dans lequel il avait fait porter ses affaires. Zeph en profita pour aller prendre l'air sur la terrasse.

Il avait remarqué la surprise de son équipage dès qu'il souriait. Et aussi l'effroi suscité par son apparition chez les membres du conseil, quand bien même ils méritaient tous ses remontrances au vu de leur attitude envers Imogen. Serait-il un salaud dénué de tout sens de l'humour, en plus du reste ? Était-ce en partie pour cela qu'Imogen s'entêtait à le tenir à distance ?

Il rejeta cette idée qui lui répugnait.

Imogen avait déjà lâché plus d'informations qu'elle ne l'aurait voulu, il le savait. Ce qu'il cherchait viendrait à lui un jour ou l'autre. Inutile de la pousser dans ses retranchements, un brin de patience suffirait, même si cela tournait à la torture parfois, comme ce matin-là...

La faim lui étreignit alors le ventre. Tête basse, il retourna dans la cabine.

Pour un peu, il en aurait avalé sa langue. Imogen sortait tout juste du dressing vêtue d'un bikini couleur or qui ne cachait pas grand-chose de son corps parfait.

Elle avait déjà été séduisante ce matin-là, lorsqu'elle se tortillait sur le lit entre ses bras. Vue d'un peu plus loin, elle était d'une beauté proprement renversante.

Theós ! Jamais je ne la laisserai partir.

Zeph rejeta aussitôt ce réflexe possessif viscéral qui le

saisissait aux moments les plus inopportuns et s'inclina pour inviter Imogen à sortir de la cabine.

Elle le suivit, indéniablement nerveuse, jusqu'au salon arrière installé au bout de la grande piscine du pont principal.

Il choisit deux bains de soleil, se laissa choir sur l'un d'eux et la regarda s'installer, un peu gênée, sur l'autre, les yeux ailleurs.

— Détendez-vous, Imogen...

— Facile à dire, répliqua-t-elle, le visage fermé.

— À quand remontent vos dernières vacances ?

Elle haussa les épaules.

— Je ne m'en souviens pas.

— Vraiment ? Ici c'est moi qui ai des problèmes de mémoire, pourtant. Si la vôtre est fatiguée, ce congé est plus que bienvenu.

Enfin, elle daigna le regarder en face.

— Vous êtes mal placé pour me donner des conseils. Vous n'aviez pas pris de congés depuis presque dix ans avant votre disparition. Je tiens l'information de source sûre. De votre assistant personnel, en l'occurrence.

Devant son étonnement, Imogen précisa :

— Je l'ai appris pendant mes recherches. Spyros est à votre service depuis huit ans. Il m'a dit que vous utilisiez le yacht et vos résidences à l'étranger uniquement pour des réunions d'affaires ou des galas de charité au profit d'un des organismes que vous soutenez. Il m'a aussi confié que vous détestiez les chambres d'hôtel, ce qui explique le nombre insensé de maisons que vous avez achetées un peu partout dans le monde.

— Est-ce qu'une de ces maisons se trouve sur le lac de Côme ? demanda Zeph.

Imogen acquiesça, interloquée.

— Un souvenir qui se précise ? demanda-t-elle d'une voix tendue.

— Je ne sais pas trop. Ce nom m'est venu spontanément à l'esprit.

La petite langue rose d'Imogen apparut pour humecter sa lèvre inférieure, et Zeph dut se cuirasser une nouvelle fois contre l'assaut du désir. Ce phénomène se produisait un peu trop souvent à son goût face à cette femme.

— Eh bien, dit-elle, vous avez en effet une belle propriété juste au bord du lac.

Zeph s'étira sur le bain de soleil, conscient de la tension croissante de sa compagne.

— Vous alliez me parler de vous, dit-il.

— Pas du tout. C'est vous qui comptiez m'imposer ce sujet. Je n'avais pas tout à fait donné mon accord.

Zeph soupira.

— Encore une pomme de discorde ? Je commence à croire que vous prenez plaisir à me contredire.

Elle tressaillit légèrement, lui laissant penser qu'il avait vu juste. Puis elle se mit en devoir d'appliquer consciencieusement sa crème solaire. Cela fait, elle reposa le tube et s'éclaircit la voix.

— Dois-je vous résumer ma vie ? demanda-t-elle. Rien de plus facile. Je suis fille unique, au grand dam de mon père qui rêvait d'avoir un fils.

Zeph perçut tout de suite la souffrance derrière ces mots.

— Lui et moi, nous ne nous sommes jamais vraiment... entendus. Je passais plus de temps avec mes nounous qu'avec lui quand j'étais petite.

— Et votre mère ? Où était-elle dans l'histoire ?

— Elle est morte quelques semaines après ma naissance, répondit Imogen après une brève hésitation. Des complications après l'accouchement, m'a-t-on expliqué.

Il marmonna quelque chose et s'aperçut après coup qu'il s'était exprimé en grec. Avant qu'il ait eu le temps de traduire, Imogen hocha la tête en souriant.

Le regard de Zeph tomba sur une serviette de bain tissée

d'un monogramme rouge sombre, un *O* calligraphié suivi d'autres lettres formant le prénom de sa propre mère. Décédée elle aussi. Était-ce stupide de sa part de se sentir des affinités avec Imogen du fait d'un accident de la vie affectant des millions d'autres personnes ?

— Vous ai-je confié des détails sur ma mère ? demanda-t-il tandis que ses doigts suivaient machinalement le tracé soyeux du *O*.

Le visage d'Imogen s'adoucit, mais elle secoua lentement la tête. Un malaise diffus envahit Zeph. Qu'avaient-ils donc partagé, au juste ?

Demande-lui.

Hésitait-il à poser la question de peur de ce que cela pourrait signifier ? Qu'il était allé chercher, pour une raison ou une autre, une quasi-inconnue au Texas et l'avait épousée afin de servir ses propres desseins ?

Troublé par le déluge de questions qui lui tournaient dans la tête, il poursuivit :

— Où est votre père ? Que fait-il aujourd'hui ?

De nouveau ces lèvres pincées, signe que le sujet lui déplaisait.

— Il travaille comme consultant pour la compagnie pétrolière de mon cousin, au Texas.

— Je m'étonne qu'il ne soit pas ici, en Grèce, en train de vous soutenir dans la gestion d'une entreprise qui pèse plusieurs milliards d'euros. C'est le genre de tentation irrésistible, j'imagine, pour un homme qui aurait aimé avoir un garçon plutôt qu'une fille, non ?

Comme Imogen gardait le silence, Zeph plissa les yeux.

— Il a essayé, n'est-ce pas ?

— Oui. Il a débarqué à Athènes quelques mois après votre disparition. Il se proposait de piloter avec moi le vaisseau en attendant qu'on vous retrouve. Le conseil et moi-même avons refusé.

— Content d'apprendre que les membres de ce conseil ont parfois leur utilité, quand bien même ils ont agi ainsi dans leur propre intérêt plutôt que dans le vôtre, je suppose. Et confronté à votre refus, votre père n'est pas resté sur place pour vous offrir tout au moins son soutien, n'est-ce pas ?

— Bien vu. Il a donné son avis sur mes compétences, alors que personne ne le lui demandait, et il a repris l'avion. Nous nous sommes à peine parlé depuis.

Zeph lui effleura le dos de la main.

— Vous lui avez tenu tête, dit-il. Vous avez protégé ce qui était important pour vous. Le reste n'a aucune importance.

Imogen eut envie de rire. Car d'un côté, c'était un compliment comme elle en rêvait. Mais d'un autre, c'était exactement ce que Zeph lui avait fait à elle, pour s'assurer la capitulation des Callahan. Il l'avait utilisée pour ruiner sa famille.

Elle se leva, pressée de mettre fin à cet interrogatoire désagréable.

— Voilà, vous savez tout ! dit-elle en s'éloignant.

Au-delà de la magnifique piscine, au bout du plongeoir, la mer Égée, splendide et si paisible, semblait lui tendre les bras. Imogen se dirigea par là sans l'ombre d'une hésitation.

Zeph la regarda exécuter un plongeon parfait, soufflé par le spectacle de son corps éblouissant. Elle refit surface quelques mètres plus loin et fendit souplement les eaux scintillantes avant de se retourner sur le dos pour flotter, paresseuse, le corps offert aux rayons du soleil.

Après l'avoir admirée un moment tout en s'efforçant de résister à la tentation, Zeph fit ce qu'il faisait sans cesse depuis ses premiers pas sur ce yacht – il se leva à son tour et partit en quête de sa femme.

Les yeux perdus dans les nuages, Imogen comprit que Zeph avait plongé pour la rejoindre sans même l'avoir vu. Sa sensibilité surnaturelle au voisinage de son mari commençait à l'inquiéter.

La panique n'était jamais loin dès qu'elle avait affaire à lui. Elle se félicita de s'être jetée à la mer plutôt que dans la piscine, poussée par le besoin de se perdre dans quelque chose de plus grand qu'elle, de plus grand que Zeph...

« Jetée à la mer. »

Ces mots prirent soudain une résonance lugubre. Elle se redressa précipitamment et chercha Zeph du regard.

Il se dirigeait vers elle d'un crawl puissant.

— Désolée, balbutia-t-elle, le cœur battant. La mer... Je n'ai pas pensé que...

Un dernier coup de reins, et il fut près d'elle. Il mêla les jambes aux siennes, les maintenant tous deux à la surface.

— Du calme, dit-il en lui souriant. Je ne vois pas la mer comme le lieu d'un trauma. Elle a eu l'occasion de m'emporter, elle ne l'a pas fait. Je l'ai de nouveau sillonnée sur un bateau de pêche pendant presque un an, ajouta-t-il.

Imogen lui rendit son sourire.

— Je n'arrive toujours pas à me faire à cette idée. Le milliardaire devenu pêcheur, vivant de ses prises quotidiennes...

— Un véritable festin pour les tabloïds, si cela se savait.

— Cela finira par se savoir, sans aucun doute. Ce n'est qu'une question de temps. J'ai été contrainte de révéler votre identité devant tout le monde dans la chapelle...

— Nous nous en occuperons le moment venu.

Imogen hocha la tête et se laissa flotter un moment. Ce « nous » avait quelque chose de craquant...

— C'était bien ? s'enquit-elle tout bas. Étiez-vous... heureux ?

Zeph réfléchit avant de répondre.

— Je n'avais aucun point de comparaison, si bien que j'ai pu en profiter pleinement.

Cet esprit pragmatique, c'était bien le genre du Zeph d'avant et peut-être même aussi du nouveau. Accueillir les ingrédients offerts par la vie, ou les circonstances, et les transformer en biens inestimables.

N'était-ce pas ce qu'il avait fait après s'être retrouvé dans un dénuement total par la faute des Callahan ? À dix-neuf ans à peine, Zephyr Diamandis avait retourné la situation et bâti un empire mondial sur les cendres du malheur.

— Toutefois des questions me tournaient dans la tête, au-delà de ma mémoire vide, avoua-t-il, le visage grave.

— Des questions ?

— Je ne suis pas expert en neurologie, mais un adulte qui se revoit en rêve chaque nuit enfant en pleine détresse, cela soulève quelques questions, *ochi* ?

Imogen s'efforça de masquer son émotion et se borna à hocher la tête d'un air compréhensif, mais elle sentit son cœur se serrer à l'idée que Zeph, une fois sa mémoire revenue, la maudirait de l'avoir tenu dans l'ignorance sur ce moment clé de son enfance.

8

Cette pensée la mina durant les deux semaines suivantes.

Deux semaines durant lesquelles ils explorèrent de long en large la Méditerranée et l'Adriatique. Ils visitèrent quatre des propriétés de Zeph, et Imogen fut témoin du plaisir qu'il prenait à des choses aussi simples que griller des côtelettes au barbecue sur la terrasse de sa maison de Saint-Tropez ou boire une bière sur une plage du Monténégro en admirant le coucher de soleil.

Bien sûr, ils prirent le temps chaque jour de gérer les affaires les plus pressantes. Ainsi Imogen organisa dans l'urgence une réunion à distance de l'équipe de direction et du service de presse de Zeph, qui leur annonça tout de go :

— Pardonnez-moi si vos noms m'échappent, mais je suis de retour et je tenais à me montrer à vous, puisque les rumeurs vont bon train.

Tous ouvrirent des yeux ronds et échangèrent des regards furtifs. Zeph s'adressa ensuite au responsable des relations publiques.

— Rédigez un communiqué de presse annonçant mon retour après un accident sans gravité particulière. Pour l'heure je poursuis ma convalescence auprès de ma femme et je reprendrai les commandes de la société le moment venu.

Son interlocuteur toussota.

— Le monde de la finance exigera des détails, monsieur Diamandis...

Zeph lui renvoya un sourire pincé.

— Je vous emploie pour gérer précisément ce genre de choses. Dites que ma femme me remplace à la tête de l'entreprise jusqu'à nouvel ordre. Rien de plus.

Quelques jours plus tard, Imogen s'amusa de voir les frères canadiens ramper à ses pieds dès qu'elle menaça de se retirer de l'accord et se faire carrément suppliants lorsque Zeph confirma en personne cette menace.

Ils célébrèrent dès le lendemain la conclusion définitive du contrat.

Imogen oscillait entre la stupeur face au charme désarmant de Zeph et l'admiration pour sa sagacité jamais démentie dans le domaine professionnel. C'était là qu'il donnait le meilleur, et pour l'avoir vu à l'œuvre, négociant avec succès une transaction piégeuse après l'autre, elle comprenait tout à fait pourquoi. Et cela, sans avoir aucun souvenir des subtilités concrètes des contrats en jeu ! C'était à peine croyable.

Et puis, il y avait ces moments déroutants qui lui faisaient battre le cœur plus vite, lorsqu'il la fixait d'un air perplexe, comme s'il tentait de deviner ce qu'elle lui cachait – et *pourquoi*.

L'amnésie commençait à laisser paraître ici et là quelques failles, assez rares et discrètes. Un phénomène assez commun d'après le médecin, qui laissait augurer d'une évolution positive. Ainsi Imogen avait vu un jour Zeph composer le numéro de son assistant personnel sans passer par la liste de ses contacts – alors que son nom de famille lui échappait encore.

Elle restait donc sur ses gardes, constamment.

Quant à l'attirance qui flambait entre eux...

Pour une raison inconnue, Zeph avait cessé ses provocations depuis ce fameux matin dans sa cabine. Imogen s'en voulait de se sentir aussi frustrée par ce revirement et se reprochait le désir violent qui l'empêchait de trouver le sommeil. Elle s'endormait invariablement longtemps après Zeph... La faute, sans doute, aux massages qu'elle lui dispensait pour apaiser ses migraines et à leur proximité dans le lit qu'ils partageaient.

Elle se disait que c'était une bonne chose qu'ils s'en tiennent là, mais ce raisonnement commençait à sonner faux.

Un soir, en entrant dans un petit salon du yacht, elle se figea à la vue de Zeph assis sur un coussin de sol, le regard fixé sur un écran, concentré comme jamais. À côté de lui, Mike, le plus jeune membre d'équipage, semblait tout autant impliqué dans l'activité qui les occupait... et qui laissa Imogen bouche bée.

Mon mari, en train de jouer à un jeu vidéo !

Elle ne put s'empêcher de sourire.

— Une fois de plus, il semblerait que je vous aie choquée, ma chère épouse, dit Zeph sans la regarder.

— Je... Oui, j'avoue.

Il mit le jeu sur pause et congédia d'un regard le jeune steward, qui se leva aussitôt et disparut.

Puis il esquissa un geste vers le fauteuil resté vacant, et Imogen se surprit à accepter cette invitation silencieuse.

Sa stupeur redoubla lorsqu'il lui tendit la manette.

— Quoi ? Vous... vous voulez que je joue avec vous ?

Il inclina la tête avec nonchalance, mais Imogen avait appris à ne pas se fier aux apparences. Elle retint son souffle, redoutant la suite.

— Oui, dit-il, mais pas comme je jouais avec Mike. J'aimerais rendre notre partie plus... piquante.

Oh ! Seigneur !

Il fallait dire non tout de suite, sans lui laisser le temps de détailler ses intentions. Face à elle se dressait un négociateur hors pair. Wall Street bruissait encore du succès du contrat Diamandis-Avalon, l'accord du siècle, disait-on.

— Je ne me prêterai pas à une version douteuse d'un strip-poker adapté en jeu vidéo, si c'est ce que vous avez en tête, déclara-t-elle avec hauteur.

Zeph lui décocha un sourire dévastateur.

— Quel esprit mal tourné, dites-moi...

Imogen se sentit rougir.

— À quoi pensez-vous, alors ?

— À une petite fête pour mon trente-cinquième anniversaire. Dans la maison au bord du lac de Côme, où nous arriverons la semaine prochaine.

Imogen fronça les sourcils.

— Vous n'avez pas besoin de vous mesurer à moi pour donner une fête. C'est votre anniversaire. Et votre propriété. Vous êtes libre de faire ce qui vous plaît.

Parce que la moindre allusion à son amnésie assombrissait son humeur et qu'elle tenait à rester dans la légèreté, Imogen s'abstint de souligner les effets indésirables d'une soirée parmi une foule d'invités qu'il ne reconnaîtrait pas pour la plupart.

— Exact, dit Zeph. Mais tout semble mieux fonctionner pour moi lorsque vous vous impliquez sans réserve.

Non ! Non, pas ça !

Trop tard. À ces mots son cœur s'était déjà remis à bondir, sauter, exécuter toutes ces acrobaties étourdissantes qui lui donnaient envie de secouer sa cervelle pour qu'elle reprenne les commandes.

Il tendit la main pour coincer une mèche récalcitrante derrière son oreille avant de désigner de nouveau la manette.

— *Nai* ?

Et voilà comment Imogen se retrouva en train de jouer à un jeu vidéo avec Zephyr Diamandis.

Naturellement, il la battit à plate couture puisque son esprit de compétition ne pouvait laisser personne gagner.

L'après-midi même, elle contacta traiteurs et organisateurs d'événements, et s'accorda avec leurs assistants respectifs pour dresser une liste d'invités qui très vite menaça de dépasser le millier.

Alors qu'elle se demandait s'il ne serait pas plus prudent de suggérer à Zeph de réfléchir avant de s'exposer devant une telle foule, il se pencha par-dessus la table du restaurant qu'ils avaient choisi pour dîner après avoir jeté l'ancre dans la baie somptueuse de l'île croate de Hvar.

L'unique chandelle projetait des ombres dansantes sur son beau visage.

— Venez danser avec moi, murmura-t-il.

Imogen tressaillit et promena les yeux autour d'elle. Il y avait bel et bien une piste improvisée dans un coin de la salle. Un seul couple plus âgé l'occupait, ondulant tranquillement sur une musique douce.

Zeph se rembrunit légèrement devant son hésitation.

— Considérez cela comme une mission de reconnaissance, s'il le faut. Je préférerais ne pas découvrir le soir de ma fête que je ne sais pas danser.

— Votre palette de compétences est sans défaut, vous le savez aussi bien que moi...

— Alors ce sera une confirmation.

L'argument était solide. Il fallait acquiescer, ou répliquer par un non franc et massif. Or, Imogen n'en avait pas envie.

Vaincue, elle prit la main qu'il lui tendait. Il l'entraîna vers la petite piste, lui ouvrit les bras et l'enlaça.

Elle se laissa guider en rythme, humant avec bonheur son odeur virile. C'était leur premier contact rapproché depuis longtemps. Décidément, cet homme la faisait fondre. Des bulles de joie éclataient en elle une à une tandis que les slows se succédaient. Au troisième, elle se détendit franchement dans ses bras et étouffa un gémissement lorsqu'il la serra un peu plus fort contre lui.

La soirée touchait à sa fin, mais Imogen n'avait aucune envie que ce moment se termine. Elle...

— Combien de temps encore allez-vous nous torturer tous les deux, Imogen ?

Elle redressa la tête, s'arrachant au nid douillet qu'elle avait trouvé dans son cou.

— Pardon ?

Le visage de Zeph se crispa.

— Combien de temps devrai-je supporter de dormir près de vous, nuit après nuit, sans pouvoir vous toucher ?

Elle écarquilla les yeux.

— Mais vous vous endormez avant moi la plupart du temps !

Il eut un sourire en coin.

— Oh ! Je suis devenu très fort pour jouer la comédie. Je fais semblant de dormir. Ainsi nous échappons vous et moi à la frustration d'un désir insatisfait.

— Non, murmura Imogen, interloquée.

— Si, répliqua Zeph. Alors je vous repose la question. Combien de temps va durer cette torture ? J'ai envie de vous, Imogen.

Le cœur d'Imogen se lança dans une transe sauvage qu'elle eut toutes les peines du monde à contenir.

— Zeph, je ne crois pas que…

— Évidemment. Vous préférez renier vos envies plutôt que de céder face à moi. C'est bien cela ?

C'était exactement cela.

Pourtant ce soir-là, cela ressemblait à une bataille tout à fait inutile. Elle était une affamée luttant pour ne pas croquer dans le festin à sa disposition.

Combien de temps encore allait-elle s'autoflageller ?

C'était elle qui avait imposé cette règle du « zéro sexe » entre eux, et alors ? Il s'était plié à cette exigence et avait modéré ses ardeurs, ce qui la rendait folle depuis peu, paradoxalement. Mais c'était la preuve que s'il avait des idées derrière la tête, il n'userait pas du sexe comme d'une arme pour arriver à ses fins. Et s'il souffrait autant qu'elle à ce stade…

Pouvait-elle toujours changer d'avis maintenant ?

Et pourquoi pas ? Une adulte n'en avait-elle pas le droit ? Surtout si c'était ce qu'ils voulaient l'un et l'autre.

Imogen ignora la petite voix de la prudence qui tenta de protester, car Zeph la faisait tourner, tourner encore, royal, avec ces yeux qui semblaient vouloir l'hypnotiser pour l'inciter au péché ; et de seconde en seconde la tentation grandissait de sombrer dans ce chaos ardent, de goûter franchement aux promesses incandescentes de son regard.

Nourrirait-elle des regrets bientôt ? Possible, mais elle se sentait prête à affronter son erreur le moment venu.

Et si ce n'était pas aussi simple ? Si tu risquais gros ici ? Ta vie, ta liberté ?

Cela n'arriverait pas, se promit Imogen.

— Que d'hésitations, murmura Zeph. Aurez-vous le cran de les formuler à voix haute, que je puisse plaider ma cause ? Je ne supporterai pas une autre nuit de tourments.

Cet aveu sans fard suffit à allumer la mèche de son propre désir. Deux tours de piste plus tard, lorsqu'il souffla : « Imogen ! » à son oreille, elle sut qu'il n'y avait qu'une réponse et une seule à lui donner.

— Oui.

Il la dévora du regard.

— Oui à quoi, précisément, *eros mou* ?

— Oui à tout ce que vous voudrez.

À ces mots une flamme victorieuse illumina son regard, et Imogen se mit à vibrer de tout le corps. Un gémissement lui échappa comme Zeph se détachait d'elle, mais aussitôt il lui prit la main et l'entraîna dehors.

— Venez !

Il adressa un signe au garde du corps, devenu nécessaire depuis que la nouvelle de son retour s'était répandue dans les médias. Comme prévu, l'action Diamandis s'était envolée, pour le plus grand ravissement des membres du conseil qui affichaient depuis une mine contrite. Les spéculations allaient bon train. Le communiqué de presse limité à l'essentiel et passant sous silence son amnésie avait été publié, mais sa requête quant au respect de sa vie privée avait été assez peu respectée, comme c'était prévisible, si bien qu'ils se faisaient discrets lors de leurs escales. Comme ce soir-là.

Le garde du corps jeta quelques mots dans son talkie-walkie.

Une minute plus tard, une berline de luxe les ramenait vers le yacht.

Dès qu'ils furent de nouveau à bord, Zeph souleva Imogen dans ses bras.

— Nous irions plus vite si j'étais sur mes jambes, vous savez ? dit-elle avec un petit rire.

Il effleura ses lèvres d'un baiser furtif.

— Mais vous seriez trop loin de moi. J'ai besoin de ce contact, *eros mou*. J'en ai besoin depuis un bon moment…

Le temps qu'il arrive dans la cabine et la dépose à terre, Imogen haletait.

Sous les doigts de Zeph, sa robe cache-cœur abricot glissa de ses épaules jusqu'au sol. Il retint son souffle à la vue de ses sous-vêtements en dentelle orange vif.

— *Christos !* Vous êtes… incroyablement belle.

Sur une impulsion de pure féminité triomphante, Imogen tira les épaules en arrière et savoura l'onde de volupté qui sillonna son corps. Elle, exhibée devant Zeph, dont les yeux luisaient dans la pénombre…

Il lui saisit les hanches à pleines mains et tomba à genoux.

Sans préambule, il se pencha en avant et pressa la bouche entre ses cuisses, les narines frémissantes, aspirant son odeur avec une impudeur qui la grisa. Elle laissa échapper un petit cri et agrippa sa tignasse pour ne pas perdre l'équilibre, étourdie, bouleversée de se sentir désirée aussi violemment.

Elle en était encore à intégrer cette sensation aussi nouvelle qu'excitante lorsqu'il passa les doigts sous la dentelle délicate de sa culotte et l'arracha d'un geste vif.

— Oh ! Pardon, dit-il avec un sourire carnassier.

Imogen se mit à rire.

— Quelque chose me dit que vous n'êtes pas si désolé que ça.

— Je vous en offrirai dix autres.

— Je peux me les offrir seule, merci. Mais n'oubliez pas, qui sème le vent récolte la tempête…

Dans le regard de Zeph une lueur apparut, qui ressemblait

à du respect. Puis il baissa les yeux sur la zone qu'il venait de dévoiler et changea d'expression.

Marmonnant quelque chose en grec, il lui saisit la jambe, la plaça sur son épaule et revint poser la bouche sur son sexe.

— Zeph !

Ses genoux se dérobaient. Zeph la cueillit dans ses bras et l'allongea sur le tapis avec précaution, tel un mets de choix, avant de glisser de nouveau la tête entre ses cuisses.

Elle se cambra, alanguie, et s'abandonna au plaisir qui la submergeait.

Était-ce parce qu'un certain temps avait passé depuis la première fois qu'il lui avait prodigué ces caresses-là ? Chaque petit coup de langue l'émoustilla deux fois plus, l'emporta deux fois plus vite... En un rien de temps, la réalité s'estompa, et un orgasme doux et turbulent à la fois la transporta vers un ailleurs merveilleux.

Elle revenait à peine des sommets les plus étourdissants lorsqu'elle sentit l'attache de son soutien-gorge céder sous les doigts déliés de Zeph.

Il ne caressa pas immédiatement ses seins comme elle s'y attendait, mais effleura sa gorge du bout des lèvres.

— J'ai hâte de recommencer encore et encore, murmura-t-il. Vous êtes sublime dans le feu de l'action.

Imogen rouvrit les yeux à grand-peine et croisa son regard enflammé. Il effleura ses seins, puis baissa les yeux pour observer le jeu de ses doigts qui en épousaient la rondeur, en caressaient la peau, en tourmentaient les pointes. Dès que la fièvre la reprit, Zeph se dévêtit rapidement puis, d'un mouvement leste, la déposa tout au bord du lit. Il glissa les mains dans ses cheveux et scella la bouche à la sienne en un baiser qui fit chanter le sang dans ses veines.

Alors qu'elle craignait de défaillir de plaisir, il s'arracha à ses lèvres et, avec une urgence trahissant le peu de sang-froid qui lui restait, récupéra un préservatif sur la table de chevet, l'enfila en toute hâte et revint l'enlacer. Encore un baiser ensorceleur, et il s'allongea *enfin* avec elle sur les draps.

Il pinça un téton entre ses lèvres et l'honora ensuite de mille petites attentions de la langue et de la pointe des dents, jusqu'à ce qu'Imogen sente sa raison la quitter tout à fait.

— Pitié, Zeph... Pitié !

Deux mains fermes agrippèrent ses cuisses. Il se redressa et contempla un moment son corps offert avant de la pénétrer d'un coup de reins puissant.

Les paupières d'Imogen battirent sous l'assaut du plaisir. Elle verrouilla désespérément les jambes autour des hanches de Zeph, pour le garder là, tout au fond d'elle.

— Ouvre les yeux, Imogen. Regarde-moi. Et rappelle-toi à qui tu appartiens.

Elle s'exécuta.

— Vous... Tu crois que j'ai oublié ? Que je pourrais oublier un jour ?

Son cœur se serra. Quoi qu'il arrive désormais, pas une journée ne passerait sans qu'elle pense à lui.

Zeph accepta ses paroles comme un dû.

— *Poly kalos*. Très bien. Mais reste tout de même vigilante. Nous avons établi que c'était mieux ainsi, *ochi* ?

Seigneur ! Cette détermination... Cette exigence sauvage, charnelle, de la part d'un homme venu la cueillir au Texas pour ensuite se comporter comme si elle n'existait pas !

Devant cette attitude, le courage d'Imogen s'effilochait à grande vitesse. Qu'allait-il finir par dévoiler chez elle ? Une âme en peine, affamée de chaleur humaine... et d'amour ?

Une main glissa sous sa nuque, l'autre s'arrima à sa hanche, et toute délicatesse oubliée, il entama un vigoureux va-et-vient destiné à satisfaire une faim qui exigeait d'être assouvie.

Alors qu'elle se voyait déjà sombrer dans le néant, et songeait qu'il ne resterait plus rien lorsqu'il en aurait terminé avec elle, une nouvelle vague de plaisir, souveraine, éblouissante, l'envoya au septième ciel.

Les yeux plantés dans les siens, Zeph murmura quelques mots en grec, le visage empourpré.

— Cela valait la peine d'attendre, *eros mou.*

Là-dessus, il rejeta la tête en arrière et explosa à son tour. Son plaisir était si contagieux, cette sensation si extraordinaire qu'elle jouit encore tout de suite après…

Ensemble, ils laissèrent leurs corps vibrer et frissonner jusqu'à épuisement. Qui sait comment, ils étaient arrivés au centre du lit. Imogen attrapa un oreiller qu'elle pressa contre son ventre tandis que Zeph filait dans la salle de bains. Le temps qu'il revienne, elle somnolait.

— Douche, murmura-t-elle d'une voix ensommeillée. Il faut que…

— Tout à l'heure. D'abord viens là.

Alors, il la reprit dans ses bras, et Imogen se coula contre lui sans résistance.

Il avait négocié pas à pas son chemin vers l'expérience la plus belle de sa vie.

Lorsqu'il était devenu clair que ni l'autorité ni le charme n'auraient d'effet sur Imogen, il avait changé de tactique.

Battre en retraite, s'armer de patience.

S'interdire de toucher sa femme avait été une rude épreuve, mais il avait ainsi appris bien des choses à son sujet. Des choses impressionnantes.

Et, bon sang ! Cela l'avait rendue plus séduisante encore à ses yeux. Après une si longue frustration, alors que leurs corps luisaient encore de sueur, il aurait dû éprouver la satisfaction de la conquête. Le contentement, une fois la fringale assouvie.

Or, il ne ressentait rien de tout cela. Seulement l'envie violente d'un encore.

Encore tout cela…

Le gouffre qu'il sentait depuis dix mois au plus profond de lui était toujours aussi béant que le matin où Imogen l'avait retrouvé dans la chapelle. Mais dorénavant, il lui semblait tenir un début de piste pour le combler.

À moins que ce ne soit qu'une façon de se rassurer à bon compte.

Était-il en train d'accepter par défaut ce qu'il avait sous la main ? Avait-il réellement peur de ce qui l'attendait d'autre dans le vaste monde ?

Non... Pas du tout. Il craignait une seule chose – que ce vide, cette angoisse, ne disparaisse jamais.

Ses mains se crispèrent sur le corps d'Imogen qui s'agitait dans son sommeil. Cela suffit à ranimer son désir. Qui n'était peut-être même pas un désir de sexe.

Jamais je ne la laisserai partir.

Ces mots gorgés d'énergie et de détermination tournèrent dans sa tête jusqu'au moment où il en vint presque à appeler de ses vœux une de ses migraines coutumières pour faire diversion.

Zeph grommela. Même ces maux-là avaient été soignés par la femme qu'il tenait dans ses bras. Était-ce pour cette raison qu'il lui faisait une plus grande place dans sa vie ?

Un soupir lui échappa.

Prochaine étape, le lac de Côme. Après la fête ils rentreraient à Athènes. Une fois de retour dans le monde réel, cette dépendance vis-à-vis d'Imogen se dissiperait peut-être...

Et si ce n'est pas le cas ?

Étouffant cette petite voix, Zeph déposa un baiser sur la tempe d'Imogen et laissa le sommeil l'emporter à son tour.

— Tu as une dette envers moi, *eros mou*, si mes souvenirs sont bons, chuchota Zeph à son oreille.

Imogen, le souffle court, lui jeta un regard par-dessus son épaule. Réveillée dix minutes plus tôt, elle avait tenté de se lever sans le déranger pour filer sous la douche, et n'avait guère été surprise qu'il lui emboîte le pas quelques secondes plus tard.

— Et tu comptes que je la paye maintenant ?

— Ma foi, le moment me semble idéal.

Un frisson d'impatience la secoua. Elle se retourna et lentement, se laissa glisser à genoux.

Cette initiative avait visiblement émoustillé Zeph, car devant Imogen se dressait un sexe d'une belle vigueur.

Avec la même lenteur, elle remonta les mains sur les chevilles, puis les jambes et les cuisses musclées de Zeph, qui tressautèrent sous sa caresse. Lorsqu'elle atteignit le membre fièrement dressé, ils respiraient à peine l'un comme l'autre.

Comme la veille Zeph suivait des yeux ses moindres gestes, les mains plaquées sur le marbre du mur. Imogen referma ses doigts humides sur la chair dure aux veines saillantes. Une sorte de sifflement jaillit des lèvres de Zeph, ses cuisses se tendirent. Il bataillait pour se contrôler.

Un sentiment de pouvoir grisant envahit Imogen. Savoir que même à genoux elle pouvait lui infliger cet état de manque réveillait sa propre soif.

Mais derrière ce pouvoir, pointait la peur. Une peur terrible de vouloir un peu trop tout cela pour pouvoir s'en détacher un jour et retrouver leur vie conjugale sous pression, une fois ces six mois écoulés. Si elle n'y prenait garde, ce désir irrépressible la détruirait à jamais…

La plainte rauque de Zeph résonna dans la cabine de verre embuée. Au diable ces pensées importunes ! Imogen le prit plus profondément en bouche et, tout en jouant de la langue, le regarda comme il la regardait. Cette connexion qu'ils semblaient si facilement trouver se révélait être un supplément de plaisir aussi exaltant qu'inattendu. Une cerise sur un gâteau irrésistible.

Lorsque ce dieu grec, qui semblait d'une beauté encore plus ravageuse sous le jet d'eau chaude, hurla son plaisir sans retenue, Imogen sentit qu'elle était au bord d'un événement qui pourrait changer sa vie du tout au tout.

Protège-toi. Maintenant.

Il lui faudrait trouver la force de prendre ses distances. À condition de savoir résister aux mains qui la relevèrent en douceur. À la bouche qui couvrit la sienne de baisers délicats et passionnés à la fois. À cet homme qui soutint son corps pour le savonner de la tête aux pieds, le rincer, l'éponger, puis le porter dans ses bras jusque sur le lit, avant de remonter sur lui le drap doux.

Elle n'aurait pas pu s'empêcher d'entrer dans ses bras en cet instant, sa vie en eût-elle dépendu.

Et lorsqu'un énième cauchemar le réveilla en sursaut dans la nuit, après l'avoir apaisé elle le laissa s'arrimer à elle, le cœur lourd à l'idée de tout ce qu'elle ne pouvait avoir... et de l'information capitale qu'elle lui refusait.

Accro.

Zeph était accro à sa femme. Il avait cherché d'autres mots et il revenait sans cesse à celui-là. « Accro. » Peut-être avait-il senti ce qui l'attendait dans cette chapelle en la voyant avancer sur ses hauts talons, déterminée à le récupérer. Voilà pourquoi, peut-être, il avait résisté avant de partir avec elle.

À présent il était lancé dans un combat perdu d'avance. Un combat qu'il n'était même pas sûr de vouloir mener. C'était cela le plus inquiétant. Car pendant les dix mois précédents, en dépit de son amnésie il avait franchi chaque étape avec assurance. En étant pour ou contre. D'accord ou pas.

Mais maintenant...

Il avait la sensation d'être défait. Désaccordé. Tout était devenu inconfortable. Comme si ses habits favoris ne lui allaient plus, lui irritaient la peau. Et il n'avait rien pour les remplacer. Il tâtonnait dans le noir et revenait les mains vides. Peut-être quelqu'un d'autre détenait-il la clé qui lui permettrait de recouvrer sa cohérence.

Imogen, comme le lui soufflait son instinct ?

Non. Lui seul avait la clé de son destin en main. N'est-ce pas ?

Le doute faisait battre son cœur à grands coups irréguliers. Il s'était accentué lorsqu'ils avaient fait l'amour la première fois, et impossible de trouver la parade...

Espérant le dissiper par sa seule force de volonté, Zeph fixa les Alpes qui s'élevaient dans le lointain, encapuchonnées de blanc. Juste derrière, se nichaient le lac de Côme et la propriété vers laquelle les emmènerait l'hélicoptère un peu plus tard.

La maison du lac de Côme.

La seule vers laquelle il se soit senti attiré depuis le début de ce voyage. S'il ne trouvait pas des réponses là... Alors, où ?

Il perçut une présence dans son dos. Des bras fins l'enlacèrent, l'arrachant à ses pensées moroses.

Son cœur bondit, et au même instant son désarroi enfla comme les vagues contre la coque du yacht.

— Te voilà, dit-elle. Tout va bien ?

Était-ce une pointe d'inquiétude qu'il entendait dans sa voix, ou une projection de sa propre angoisse ? Il fut tenté de se retourner pour s'en assurer, mais à sa grande stupeur il répugnait à confirmer cette impression.

Et cette irritation qui persistait sur sa peau. Elle allait même en s'aggravant.

— Pourquoi est-ce que cela n'irait pas ? répliqua-t-il plus sèchement qu'il ne l'aurait voulu.

Imogen se raidit légèrement et se reprit aussitôt avec une efficacité suspecte.

Le voilà jaloux maintenant de la capacité de son épouse à rebondir lorsqu'il se montrait désobligeant envers elle !

Mécontent, Zeph se mordilla la joue.

— Tout est prêt pour la fête demain soir, reprit Imogen, collée à son dos, la tête contre son épaule.

Il acquiesça, les yeux rivés sur les montagnes, formant

le vœu que quelque chose se passe là-bas, n'importe quoi, pourvu que cela l'arrache du brouillard. Alors, il pourrait prendre des décisions claires.

Comme redoubler d'efforts pour garder sa femme – ou pas.

— Zeph ?

Il revint brutalement sur Terre. Qu'avait-elle dit à l'instant ?

— *Efharisto*, répondit-il.

— Inutile de me remercier, je n'ai pas fait grand-chose. Quelques coups de téléphone ont suffi ; chacun s'est mis en quatre pour que la fête de Zephyr Diamandis soit réussie. Les gens auraient même travaillé gratuitement je crois, juste pour gagner le droit de s'en vanter…

Sa voix était amusée, et lorsqu'il détacha enfin les yeux de l'horizon qui ne lui offrait pour l'heure aucune réponse et les baissa vers Imogen, sa femme souriait. Un grand et beau sourire qui fit galoper son cœur. Une fois de plus.

Theós ! Quel que soit le nom du mal dont il souffrait, c'était grave.

— Zeph ? dit Imogen, scrutant son visage d'un air inquiet. Si tu as des doutes sur cette fête, nous pouvons encore l'annuler.

L'irritation sur sa peau s'accentua jusqu'à la douleur.

— C'est ce que tu veux ? Que j'annule tout ?

Elle s'humecta les lèvres avant de répondre :

— Je sais que c'est ton anniversaire, mais il n'est peut-être pas nécessaire de le fêter d'une manière aussi grandiose.

— J'en ai assez de me cacher, *yineka mou*. Après la fête, nous retournerons directement à Athènes.

Cette fois Imogen se raidit pour de bon.

— Vraiment ? Je croyais que tu voulais six mois…

— Je les veux toujours, mais le reste du temps imparti ne se passera pas sur le yacht.

— Mais… ton amnésie ?

— Si je dois vivre avec plus longtemps que je ne le voudrais, tant pis. Doutes-tu de ma capacité à faire face ? C'est cela qui te rend nerveuse ?

Imogen eut un rire un peu forcé.

— Pas du tout. S'il y a une chose dont je ne doute pas, c'est de ta capacité à faire ce qui te chante.

La pointe d'amertume dans sa voix était indéniable. Zeph ne put réagir, car le chef steward arrivait à grandes enjambées pour les prévenir qu'ils allaient accoster.

Ensuite, le vol jusqu'au lac de Côme dura moins d'une heure. Tout en haut des marches de pierre menant à sa maison, le personnel avait formé une haie d'honneur pour les accueillir. Les présentations ne déclenchèrent aucun souvenir chez lui. Le voile ne se leva pas sur sa mémoire. Il déclina une visite de la demeure, les organisateurs de la fête étant à pied d'œuvre pour préparer les lieux, et se fit simplement indiquer le chemin vers sa suite personnelle.

Il prit la main d'Imogen.

— Où allons-nous ? demanda-t-elle.

Oh ! L'effet de cette voix rauque sur les profondeurs de son être. Comme il avait envie de se noyer en elle jusqu'à oublier enfin tout ce vide en lui !

— Je sais ce que je veux faire avant que se lève la tempête, murmura-t-il sur ses lèvres en arrivant au bas de l'escalier d'honneur.

— Quoi donc ?

— Devine. Tu as droit à une seule réponse, *yineka mou*.

Une rougeur exquise colora les joues d'Imogen, et son souffle devint oppressé, exactement comme il l'aimait.

Nai, il était accro.

Une dépendance dont il n'était pas près de se libérer, il le sentait.

Le sexe lui avait fait du bien, mais le vide était toujours là au plus profond de lui et il faisait toujours aussi mal. Pis, il n'en était que plus cruel, songea Zeph en boutonnant sa chemise de soie noire le lendemain soir, peu avant l'heure prévue pour l'ouverture des festivités.

À l'autre bout de la pièce, dans le dressing attenant, Imogen s'habillait elle aussi. Zeph ralentit ses gestes sur les boutonnières et tendit l'oreille pour l'écouter se préparer. Il n'avait jamais fait une chose pareille de toute sa vie, il en était convaincu. Il se figea tout à coup. C'était cela qu'il voulait en fait, aussi longtemps que possible...

Adieu rapports de force, cajoleries, négociations pied à pied. Rien n'était gratuit dans la vie, disait-on, mais il y avait sûrement moyen d'exprimer simplement ses envies en espérant qu'elles soient réciproques, non ?

Oserait-il s'exposer à ce point ? Prendre un risque sans l'assurance d'une récompense ? L'audace était dans ses cordes, puisque c'était l'image que le monde entier se faisait du magnat Zephyr Diamandis, mais l'homme qu'il était vraiment, à l'intérieur, en était-il capable ?

Nai.

Tout en lui criait oui !

Il sursauta en entendant un bruit de pas, se retourna et vacilla à la vue d'Imogen.

Un bustier de velours noir, très élégant, épousait ses courbes au plus près, et un décolleté plongeant en forme de coquille, orné de cristaux étincelants, produisait un effet à couper le souffle.

— Tu es... exquise, *matia mou*.

Son épouse s'empourpra et baissa les yeux. Comment diable parvenait-elle à tenir tête à de vieux grincheux et à des fêtards canadiens jouant les hommes d'affaires intraitables alors qu'un simple compliment la faisait rougir ?

À présent que sa décision était prise, le besoin de la mettre en œuvre, de savoir où il en était, virait à la douleur. Mais un bruit d'hélicoptère en approche se fit entendre. Un soupir lui échappa. D'abord, il devait finir de s'habiller. Ses projets attendraient.

Un léger picotement sur sa nuque l'alerta. Il oubliait quelque chose, mais quoi ? Tant pis, il verrait cela plus tard.

— J'ai quelque chose pour toi, dit-il en s'éloignant vers le coffre-fort caché derrière un panneau secret dans le mur.

— Mais c'est ton anniversaire, protesta Imogen. Ce serait à moi de t'offrir des cadeaux...

Comme il s'apprêtait à composer la combinaison du coffre, son regard tomba sur son alliance toute neuve, et son cœur partit au galop.

— Tu as déjà fait beaucoup. Si tu veux m'offrir quelque chose, tu en auras l'occasion en temps utile.

Elle écarquilla les yeux.

— Le suspense est insoutenable...

Sans plus réfléchir, Zeph pianota sur le clavier, et le coffre s'ouvrit. Imogen étouffa un petit cri.

— Tu... tu connaissais la combinaison ?

— Non, dit-il d'une voix blanche.

Ils se regardèrent un moment, interloqués.

Zeph ouvrit le coffre et en retira l'écrin étroit et fin que Spyros avait apporté là avant leur arrivée, à sa demande.

C'était une simple chaîne de platine, mais le diamant en goutte placé en sautoir était exceptionnel. Ses multiples facettes captaient la lumière sous tous les angles. Le collier étincelait.

La stupeur de son épouse lui confirma que c'était une autre partie de leur vie qu'il avait négligée.

— Zeph... Tu n'aurais pas dû...

— Et pourtant je l'ai fait, répondit-il à voix basse en accrochant le fermoir sur sa nuque.

Comme il l'avait prévu, le bijou lui allait à ravir. Mais la vraie perfection viendrait à la fin de la soirée, lorsqu'il mettrait ses projets à exécution...

— Nous y allons ? dit-il.

Ils descendirent ensemble les marches.

Parmi l'océan de visages devant eux et les applaudissements

qui crépitèrent à leur arrivée, Zeph chercha frénétiquement une connexion, un déclic, quelque chose qui lui apporte enfin une réponse... Mais rien ne vint.

Un jeune homme à la mine sévère, habillé trop vieux pour son âge, approcha en remontant ses lunettes carrées sur son nez. Zeph le reconnut pour avoir discuté avec lui en visioconférence.

— Spyros. Content de te voir.

Son assistant hocha la tête et le fixa sans mot dire.

— Non, rien encore, dit Zeph.

Les épaules de Spyros s'affaissèrent insensiblement. Avec un sourire crispé, Zeph le gratifia d'une accolade.

— Garde confiance, je serai de retour très vite.

— Oui, monsieur.

— C'est une fête. Allez, amuse-toi !

Un conseil qu'il eut toutes les peines à suivre lui-même en se mêlant à ses invités avec Imogen. La moitié d'entre eux lui parut insupportable, l'autre le considéra avec un mélange d'émerveillement et de crainte.

Au bout de deux heures il en avait déjà assez et ne rêvait que d'une chose, se retrouver seul avec sa femme pour danser un slow langoureux sur une piste grande comme un mouchoir de poche, dans un coin oublié d'une charmante petite ville...

En quittant un énième groupe d'invités ayant juré de se mettre en quatre pour lui rendre service s'il avait besoin de quoi que ce soit, il prit la main d'Imogen et la porta à ses lèvres.

— Combien de temps encore ? grommela-t-il tout bas.

Elle le regarda et sourit, mutine.

— Une dernière surprise, ensuite tu pourras mettre à la porte qui tu voudras.

— J'ai hâte.

Elle se mit à rire, et ce petit son musical toucha Zeph en plein cœur, scellant son destin. Leurs débuts n'avaient peut-être pas été un bonheur partagé, mais rien ne les empêchait de changer de cap et de s'accorder sur un chemin aussi plaisant pour l'un que pour l'autre.

— Va pour cette ultime surprise, *agape mou*. Mais fais vite !

— Tes désirs sont des ordres. Donne-moi cinq minutes !

Il la regarda s'éloigner, songeant qu'il pouvait pour la première fois envisager que la douleur qui le taraudait s'estompe bientôt. Peut-être même serait-elle éradiquée dès ce soir-là.

Son regard dériva vers un invité dont le nom ne lui revint pas. À son bras, son épouse enceinte.

Une vision subite, très nouvelle, s'éveilla en lui à cette vue.

Imogen. Enceinte.

Il avait trente-cinq ans et plus aucune famille. N'était-il pas temps... ?

Zeph se figea. Le picotement sur sa nuque se précisa. Un pressentiment se fit jour, qui devint une probabilité, et même un avenir possible... Mais Imogen avait déjà disparu dans la foule. Il partit aussitôt à sa recherche, pressé d'explorer ce nouveau chemin qui s'ouvrait soudain.

S'approchant d'un autre grand salon dégagé pour l'occasion, il entendit son rire et sourit malgré lui en réponse.

Puis il reconnut son interlocuteur, et son sourire mourut sur ses lèvres. La musique faiblissant, l'écho de leurs paroles lui parvint.

— Comptez-vous faire un saut aux États-Unis bientôt ? demanda le jeune blanc-bec plein d'allant – Nate ? Nick ?

— Peut-être. Tout dépend de l'évolution des choses dans les prochains mois.

— Appelez-moi si vous vous décidez. Ce sera un plaisir de rattraper le temps perdu.

Prendre conscience que son monde tout entier s'incarnait en une seule personne, au moment précis où un autre tentait de se l'approprier... C'était un comble !

Zeph s'avança vers le duo d'un pas martial.

9

« Tout dépend de l'évolution des choses dans les prochains mois. »

Prononcer ces mots à voix haute fut douloureux pour Imogen. Elle n'avait aucune idée ce que deviendrait son couple. Pourrait-elle compter sur le pardon de Zeph, une fois sa mémoire revenue ? Irait-il seulement jusqu'au bout de ces fameux six mois lorsque la véritable nature de leur mariage lui apparaîtrait ?

— Puis-je aller vous chercher quelque chose à boire ? proposa Noah, remarquant ses mains vides.

— Je m'en occupe, intervint Zeph d'un ton sec.

Imogen, qui ne l'avait pas entendu arriver, se tourna vers lui.

— Noah va nous quitter, annonça-t-elle avec un sourire teinté d'amertume. Il a reçu des offres qui lui semblent intéressantes.

— Ah ? Vous êtes en recherche ? Alors il y a sûrement d'autres personnes ici avec lesquelles vous aimeriez discuter.

Noah comprit le message et s'éclipsa aussitôt.

— Je ne vois pas bien ce qui te déplaît autant chez lui, dit Imogen.

Zeph pinça les lèvres.

— Es-tu vraiment naïve à ce point ?

— Pardon ?

— Il est amoureux de toi, dit Zeph entre ses dents.

— Quoi ? Non !

— S'il t'entendait, il serait très vexé.

Imogen ferma les yeux.

— C'est de lui que tu te soucies ? répliqua-t-elle.

— J'ai les moyens de m'assurer que ton jeune chiot ne viendra pas renifler ce qui m'appartient. Et que ma femme a conscience de ce qui se passe autour d'elle.

— Soit. Message reçu.

Il soutint son regard un moment puis hocha la tête, de l'air de l'homme satisfait d'avoir été entendu.

S'il savait à quel point cet avertissement était inutile...

Car quelque part entre le soir où elle était tombée dans ses bras et leur arrivée en Italie, la cuirasse protégeant son cœur s'était lézardée.

Elle était amoureuse de son mari.

Une douleur lui scia la poitrine. La crainte se mêlait au désespoir. Ancien ou nouveau Zeph, ses sentiments seraient probablement mal accueillis. Mais les garder pour elle la déchirerait, elle le savait.

— Tu désirais quelque chose ? demanda-t-elle, bataillant pour garder le sourire et une voix égale.

Zeph ouvrit la bouche, mais un éclat de rire derrière eux lui coupa la parole. Il caressa des yeux son corps, s'attardant sur son ventre, ses hanches, et secoua la tête.

— Pas maintenant.

— D'accord. Je dois... Je reviens très vite. Un détail ou deux à vérifier.

Imogen s'éloigna en hâte, consciente du regard vissé sur elle. Avait-il vu ? Percé à jour ses sentiments tout neufs et intenses ? Mais comment serait-ce possible, puisqu'elle venait tout juste de les découvrir elle-même ?

Rappelle-toi à qui tu as affaire !

Sa peur s'accentua tandis qu'elle procédait à des vérifications superflues, l'organisatrice de la fête lui ayant assuré que tout était en ordre.

Elle n'eut bientôt plus d'autre choix que d'aller retrouver Zeph, qui lui prit aussitôt la main pour y déposer un baiser, et cala la sienne sur sa hanche pour la garder auprès de lui.

Ensemble, ils assistèrent au feu d'artifice au-dessus du lac. Puis, enfin, la foule d'invités se retira en ordre dispersé.

Voyant Apostolos traîner le pas pour attirer l'attention de Zeph, puis le coincer sur le seuil, Imogen en profita pour s'accorder un autre moment de répit.

Trop occupée à s'occuper des invités, elle n'avait pas encore fait le tour de la propriété. Après avoir regagné la cuisine déserte, où régnait un silence surnaturel après des heures de chaos, elle déboucha sur un ravissant petit jardin clos par un grand portail vert olive.

Deux petits bancs étaient posés devant une fontaine. D'un côté, un carré potager entretenu avec soin. De l'autre, une roseraie abondamment fleurie. Elle s'assit sur un des bancs, les mains serrées sur les genoux, et inspira un grand coup.

Comment réussirait-elle à tenir son amour secret alors que chaque regard, chaque geste de Zeph lui serrait le cœur et le faisait chanter en même temps ? Devait-elle au contraire lui avouer ses sentiments, et espérer l'impossible ?

Anéantie, elle ferma les yeux. Et les rouvrit aussitôt, alertée par un bruit de pas.

Sur le seuil de la cuisine se tenait Zeph. Il semblait préoccupé, en proie à un conflit intérieur. L'issue lui serait-elle favorable ou fatale ? Quel sort l'attendait, malheur, extase ?

Il l'aperçut et se dirigea aussitôt vers elle. Imogen se redressa.

— Zeph…

— Apostolos vient de me dire certaines choses. J'aimerais savoir…

Il se tut brusquement, les yeux dans le vide, et son visage prit un teint de cendre sous le lampadaire.

— Zeph ?

Un son inarticulé sortit de sa gorge.

Alarmée, Imogen balaya des yeux la roseraie, le potager... Rien ne semblait de nature à provoquer une telle réaction.

— Cette porte, là, bredouilla-t-il, un doigt tremblant pointé sur le portail vert. C'est elle !

La main d'Imogen vola vers sa bouche.

— Celle que tu vois dans tes rêves ? Tu es sûr ?

— Oui...

— Co... comment le sais-tu ?

— J'ai vécu ce moment des centaines de fois. C'est par ici qu'entrait mon père, plutôt que par la porte principale. Ma mère était souvent dans la cuisine avec ma grand-mère. Il s'arrêtait en ville pour acheter un ingrédient quelconque oublié par ma mère... Il se garait derrière la maison et passait par ce jardin...

Son visage parut se décomposer.

— Ma mère était impatiente. Il disait qu'il valait mieux lui donner satisfaction rapidement pour avoir la paix.

Le regard qui chercha le sien n'était que désolation.

— Mais tu sais déjà tout cela, Imogen. N'est-ce pas ? dit-il, haussant le ton.

Cette façon de la condamner par avance...

C'était du pur Zephyr Diamandis.

L'homme qu'elle avait épousé deux ans plus tôt.

— Tu te souviens..., murmura Imogen.

— Oh oui ! ma chère épouse, répondit-il d'un ton cinglant. Je me souviens de tout.

Imogen s'intima de cesser de trembler. En pure perte.

Elle eut beau scruter le visage de Zeph, elle n'y vit aucun signe de douceur.

Ils étaient revenus dans le salon. Le personnel s'était retiré depuis un moment, la laissant seule avec Zeph qui tournait en rond devant la grande cheminée tel un lion en cage.

Une partie d'elle-même, au désespoir, voulait en finir au plus vite. Alors elle pourrait battre en retraite pour lécher ses plaies. Car elle savait ce qui allait venir.

Retournerait-elle aux États-Unis ? Non. Plus rien ne l'appelait là-bas. Ni nulle part ailleurs dans le monde… Elle avait osé s'arracher à son existence morne et solitaire pour toucher du doigt la lumière, la chaleur. Et elle était désormais sur le point d'être refoulée sans pitié.

— Tu cherches par où commencer ? Je peux t'aider si tu veux, dit-elle, n'y tenant plus.

Il leva le bras d'un geste brusque, et Imogen se figea.

— Tu en as déjà fait assez comme ça, tu ne crois pas ?

— Je ne comprends pas…

Zeph la fusilla du regard.

— Tu as été drôlement maligne, hein ? Tu as débarqué dans la chapelle en me faisant croire que tu recherchais ton mari. Mais c'est à toi que tu voulais épargner l'inconvénient d'attendre le temps que je règle la question de ma bigamie…

— Ah ! C'est encore ma faute.

— Et tu as été prompte à m'informer que mes parents étaient morts et que je n'avais plus personne, reprit Zeph, sur sa lancée. Personne d'autre que toi… Tu tablais sur le fait que je voudrais tout naturellement garder ma femme à mes côtés. Tu as feint de protester avant d'accepter de rester sur le yacht, mais tu ne voulais pas que je puisse tomber sur quelqu'un ou quelque chose susceptible de raviver ma mémoire…

— De quoi parles-tu ? Où est mon tort, dans l'histoire ?

— Ton tort, ma chère épouse, a été de ne pas me dire que ma prétendue sauveuse était aussi ma pire ennemie. La fille de l'homme responsable de mon enfance miséreuse !

Ces mots eurent raison des ultimes vestiges de sang-froid d'Imogen. Son cœur vola en éclats.

Restait sa voix. Et la fureur dans son âme.

— Tu sais quoi ? Je m'attendais à tout cela.

D'un geste vif, elle essuya les larmes qui lui brouillaient la vue, mais d'autres leur succédèrent aussitôt.

— Tu aurais de toute façon trouvé un moyen de tout me mettre sur le dos : mon silence sur notre histoire mouvementée, les torts que ma famille a causés à la tienne. J'essayais de te protéger, de t'épargner des souffrances inutiles. Est-ce que cela compte seulement pour toi ?

Zeph eut un mouvement de recul comme si cette seule idée l'offensait.

— Non, rétorqua-t-il. Tu savais, pour la porte de mes cauchemars ? Je t'en ai parlé dès le tout premier jour, et tu n'as rien dit parce que tu te protégeais toi-même !

— De quoi donc ? Tu t'imagines que je craignais de passer à tes yeux pour une croqueuse de diamants ? Aussi vile que mon père et mon grand-père avant moi ? Mais c'est ce que tu penses depuis le début ! Tu me l'as suffisamment fait comprendre en venant m'arracher à mon pays natal pour m'épouser dans la salle glauque d'une mairie et m'ignorer totalement ensuite...

Sa voix se brisa. Dans un sursaut de volonté, elle se leva d'un bond pour lui dire la vérité en face.

— Mais l'homme que j'ai trouvé à Efemia... Il avait quelques notions de décence, lui. Il souriait. Il était courtois et respectueux envers les autres. Il prenait *soin* des autres. Tu veux que je pense que c'était le fruit de mon imagination ? Soit, je l'effacerai de ma mémoire. Je ferai comme si celui qui me faisait l'amour en me donnant un plaisir fou n'existait pas. Retourne donc à Athènes, à tes relations d'affaires, à tous ces gens à ta botte qui te prennent pour Zeus réincarné. Ça m'est complètement égal !

Un son inarticulé sortit de la gorge de Zeph, une sorte de cri primaire issu du plus profond de son âme. À supposer qu'il en ait une.

Elle en avait assez de tenter de comprendre cet homme. Elle s'était fiée à son instinct et s'était trompée sur toute la ligne.

Diable ! Elle avait fait pire. Elle était tombée amoureuse d'un fantôme. Le double imaginaire d'un monstre.

— Je t'ai vu scruter les visages des invités ce soir, reprit-elle. Je sais que tu souffrais de ne pas trouver ce que tu voulais.

Crois-moi, j'ai connu cela toute ma vie. Mais Zeph, pourquoi ne vois-tu pas ce qui est juste sous ton nez ?

— Un énième jeu de dupes ?

À ces mots quelque chose se désintégra dans sa poitrine. Son amour tout neuf, tout précieux, était profond et indestructible... jusqu'à ce rejet.

— Non, répliqua-t-elle, pas un jeu de dupes. Tu comprendras cela trop tard, j'en ai peur. Jamais, peut-être. Tu es si aveugle. Tes acolytes t'ont prêté allégeance, tu peux dormir tranquille ce soir, sachant que tu as été accueilli à bras ouverts à ton retour.

Là-dessus Imogen tourna les talons et gagna la sortie comme un automate. C'est alors que la voix glaciale de Zeph s'éleva derrière elle.

— Tu ne t'en sortiras pas si facilement ! Il se pourrait bien que tu portes mon enfant.

Elle se figea.

— Quoi ?

— Hier, au beau milieu de la nuit, nous avons eu des rapports non protégés. Je n'y avais pas pensé avant ce soir.

Les genoux d'Imogen se dérobèrent, elle tendit la main vers la chaise la plus proche.

La nuit précédente... Tout ensommeillés, ils s'étaient cherchés l'un l'autre, poussés par cette faim dévorante qui les prenait si souvent, et s'étaient aimés avec une passion qui les avait laissés pantelants et tout en sueur. Une merveille...

Et peut-être l'erreur qui signerait sa perte.

— D'accord, murmura-t-elle, merci de me l'avoir signalé.

— Pardon ? rugit Zeph.

Elle releva le menton.

— Tu m'as bien entendue. Je ne vais pas rester là à t'écouter plus longtemps dénigrer ma personne. Tu vas sûrement me reprocher aussi cet oubli ! Retourne à Athènes, Zeph, faire le méchant comme tu sais si bien le faire. Ce n'est pas comme si je n'avais pas l'habitude. Tu me feras connaître les conséquences de mes actes en temps utile, je n'en doute pas.

Il lui saisit le poignet pour la retenir.

— Ne t'enfuis pas, Imogen. Nous n'avons pas terminé.

— Toi, peut-être pas. Mais moi, si. Je suis lasse d'être le souffre-douleur de tout le monde. Assez, Zeph. *Assez !*

Ses épaules s'affaissèrent une fraction de seconde avant qu'il se ressaisisse. Il la toisa sans mot dire, en tyran redouté de son entourage. Seulement, elle avait son compte des dérobades face à cet homme. Terminé !

— Que vas-tu faire, Zeph ? Me prendre Callahan ? Vas-y, ne te gêne pas. Je me suis battue pour cette entreprise parce que c'était la seule chose qui ressemblait à une famille pour moi. Mais ce n'était qu'une chimère. Je n'ai *aucune* famille que tu puisses détruire. Je n'en ai jamais eu.

À ces mots il baissa les yeux vers son ventre, comme il l'avait fait à plusieurs reprises pendant la soirée.

— Et la famille que tu portes peut-être ? Elle non plus, ne compte pas pour toi ? Si c'est le cas, j'aimerais une déclaration écrite, pour éviter toute contestation le moment venu.

Imogen manqua s'étrangler.

— Tu arracherais un enfant à sa mère ?

— Je remuerais ciel et terre pour garder ce qui m'appartient. Comme je l'ai toujours fait.

— Ne te cache pas derrière des grands mots. Sois plus clair !

— Très bien. Si tu portes mon enfant, tu n'iras nulle part. Oublie les six mois, oublie notre accord sur trois ans. Notre mariage sera permanent. Est-ce assez clair pour toi ?

— Oui, je comprends. Contente de te retrouver, Zephyr. Et toutes mes félicitations, tu es officiellement resté un monstre hors catégorie !

Zeph hocha la tête.

— Mais un monstre qui obtient ce qu'il veut, rectifia-t-il. Et ce qu'il veut, c'est que sa femme rentre avec lui à Athènes dès demain. Souriante et docile. Bébé ou pas, Imogen, nous sommes toujours mariés, et tu as toujours un accord à respecter.

Dans tous les domaines de l'existence, Zeph aimait avoir raison. Asséner un « Je vous l'avais bien dit ! » bien placé ne lui déplaisait pas, de temps à autre.

Mais ce jour-là il maudissait son instinct et ses pressentiments, qu'il avait tellement espéré injustifiés.

Le soupçon que ce que lui cachait Imogen était capital. Pis, qu'elle seule détenait la clé qui le libérerait de sa solitude...

Son addiction viscérale à cette femme. Et pas simplement à son corps. À son intelligence, à sa générosité...

Cette sensation de dériver, dont il avait craint qu'elle persiste même une fois la mémoire revenue.

Il méprisait en bloc toutes ces révélations qui signifiaient qu'il ne gagnerait pas cette bataille essentielle de sa vie.

À moins que...

— Spyros !

Son assistant arriva en trombe, le visage crispé. *Nai*, il avait l'art de mettre son entourage sous pression. Et il n'était pas si sûr de le regretter. Problème partagé, problème à moitié résolu !

Seulement, cette fois, il voulait partager son souci avec une personne et une seule.

— Où est ma femme ? demanda-t-il sans lever les yeux.

Lorsqu'elle lui avait lancé un « Hors de question ! » plein de rage deux semaines plus tôt en réponse à son ordre de retour immédiat à Athènes avec lui, il avait éclaté de rire, persuadé qu'elle ne serait pas assez bête pour le défier.

Eh bien, elle était partie. Puis elle avait assombri un peu plus sa vie d'un simple texto, quelques jours plus tard.

Je ne suis pas enceinte.

Il n'aurait jamais cru possible de tomber plus bas encore dans la désolation, jusqu'à l'arrivée de ce message.

Ses yeux le démangeaient, ils étaient sûrement injectés de sang. La migraine qu'Imogen savait si bien apaiser tambourinait dans ses tempes, rappel incessant de ce qu'il avait perdu. *Theós !* Il avait besoin d'elle, bon sang !

Spyros restant muet, Zeph poussa un soupir excédé.

— Tu es sourd ? Je t'ai demandé où était ma...

— Elle souhaite que son lieu de séjour ne vous soit pas communiqué, monsieur.

— Quoi ?

— Je suis désolé, monsieur.

— Je ne veux pas d'excuses, je veux savoir où est ma femme !

Comment osait-elle disparaître alors que... que...

Il se figea brusquement. Nom d'un chien ! Se vengeait-elle d'avoir été délaissée pendant près d'un an ?

Non. La femme avec laquelle il avait passé les semaines précédentes ne ferait pas cela. Elle n'était pas...

Il se leva, glacé à l'idée de l'étendue de ses méprises.

— Spyros, dis-moi où est ma femme.

Il s'était efforcé en vain de conserver une voix normale, elle avait dérapé dans les aigus.

Son assistant le considéra d'un air qui ressemblait fort à de la commisération. Zeph se dit qu'il avait touché le fond.

— Je ne sais pas, monsieur, mais... Puis-je vous suggérer d'envisager une localisation par GPS avec votre chef de la sécurité ?

Zeph tendit la main vers son téléphone tandis que Spyros s'éclipsait et refermait calmement la porte derrière lui.

L'Écosse.

Sa femme était en Écosse. En apprenant cela Zeph, pris de panique, avait ordonné à ses agents de sécurité de chercher qui se trouvait là-bas avec elle. Car bon sang ! parmi tous les endroits du monde où elle aurait pu trouver refuge, c'était de la folie que de choisir les rudes et inhospitalières Highlands !

Bien sûr il s'était senti un peu goujat de la croire capable d'être partie avec un autre homme. Il n'en avait pas moins sauté dans son jet pour la traquer jusque-là.

Résultat, il était d'humeur massacrante lorsqu'il aperçut l'amour de sa vie qui dévalait une pente herbeuse d'un air furibond, suivie d'une petite troupe de moutons, les yeux sur son hélicoptère qui venait de redécoller. Mais c'était d'abord à lui qu'il en voulait. Et pour longtemps, sans doute.

— Qu'est-ce que tu fais là ?

Zeph savait que ce lieu inspirait les poètes, et si le paysage était somptueux, pour lui la femme qui se tenait devant lui était le spectacle le plus sublime qu'il ait jamais vu.

Ses cheveux bruns qui s'étaient teintés de nuances plus claires durant leur séjour sur le yacht brillaient sous le soleil des Highlands. Son visage resplendissait de santé et de beauté… Est-ce que cela le chagrinait de la trouver aussi radieuse quand lui souffrait mille morts ? Peut-être. Mais cela aussi, il l'avait mérité.

— Je pourrais te poser la même question, dit-il. Pourquoi l'Écosse ?

Elle haussa les épaules.

— Je n'ai plus d'entreprise, alors je songe à devenir éleveuse de moutons. En quoi est-ce que cela t'intéresse ?

— Croyais-tu sérieusement me décourager de venir te chercher en plaçant tant de montagnes entre nous ?

— Quelle importance ? S'il te plaît… Va-t'en.

La pointe de désespoir dans la voix d'Imogen le galvanisa. Parce qu'il y reconnut le sien, multiplié par mille. Mais cela ne signifiait pas qu'elle éprouvait les mêmes sentiments que lui. Peut-être était-ce dû au fait qu'il avait brûlé tous les ponts entre eux.

— Et d'abord, comment m'as-tu retrouvée ? s'exclama-t-elle comme il ne bougeait pas.

— J'ai utilisé toutes les ressources dont je disposais et je ne m'excuserai pas pour cela. Il fallait que je te retrouve, *agape mou*, ajouta-t-il en hâte, la voyant sur le point de reprendre la parole. J'ai bravé un océan et j'ai survécu, mais je sais maintenant que c'en sera fini de moi si tu ne me reprends pas, Imogen. *Parakalo*, s'il te plaît, écoute-moi…

Sa voix tremblait, encore ! C'était rageant. Ici dans le froid, au milieu de nulle part, avec des moutons qui bêlaient leur indifférence pour seuls témoins, sa femme écarquillait les yeux, près de le renvoyer comme l'imbécile qu'il était…

Elle fit alors un pas, non pas en arrière, mais vers lui. Et l'air se bloqua dans ses poumons. Il se mit à trembler. Chaque fibre de son être luttait pour rester calme, ne pas se tendre vers elle.

— Non. Va-t'en, répéta-t-elle. Je ne veux pas de toi ici.

— Oh ! Mais je ne compte pas rester ici, dit Zeph, le cœur dans la gorge.

Elle se raidit et le fixa de cet air effronté qui lui donnait envie de la soulever de terre et de l'emporter dans ses bras.

— Tu n'aurais pas dû renvoyer ton pilote, alors… La route qui mène à la ville est de ce côté, dit-elle en désignant d'un geste un point derrière lui.

— Tss-tss… Je ne resterai pas ici, parce que je veux que nous retournions ensemble sur le yacht, partager des rires. Et des conversations. Et du sexe.

— C'était un rêve, Zeph. Quelques semaines hors du temps, jusqu'au retour de ton vrai moi, rappelle-toi !

Un rire nerveux le secoua.

— Mon vrai moi ? Je ne sais même plus qui je suis.

La voyant muette, il poussa son avantage.

— Comment pourrais-je être encore cet homme acharné à se venger, alors que sans toi je serais encore perdu ?

— Tôt ou tard tu aurais recouvré la mémoire, ce n'était qu'une question de…

— Je ne parle pas de mon amnésie, Imogen. Je parle de moi. L'homme que je suis ici, dit Zeph en se frappant le cœur. Tu m'as montré qui j'étais, alors que je n'avais même pas conscience d'être en pleine mue. Tu m'as ouvert les yeux sur un monde meilleur que tout ce que j'avais connu avant, *agape mou*.

— Oh oui ! j'ai fait tout cela... Et tu m'as chassée. Sans états d'âme.

— J'étais terrifié en constatant à quel point je te désirais. Toute ma vie, je n'ai compté que sur moi-même. Ma famille que j'adorais m'a été enlevée en un rien de temps. J'ai dû apprendre à vivre en loup solitaire. Je t'ai tenue à distance après le mariage parce que je ne connaissais pas d'autre façon de vivre que dans la solitude et la colère. J'étais incapable de dissocier les vrais responsables, ton père et ton grand-père, des autres Callahan.

Zeph serra les dents, plein de mépris pour lui-même, mais décidé à confesser toute la vérité.

— Peut-être t'ai-je choisie parce que je t'enviais d'avoir une famille, moi qui en avais été privé. C'était un tort, mais je voulais que tu aies un aperçu de ce que j'avais traversé... Et puis tu as débarqué dans la chapelle. Et là tout à coup... j'avais une place auprès de quelqu'un. J'étais amoureux. Je n'étais plus seul. C'était un sentiment incroyable, et bien trop doux pour être vrai. Alors je l'ai rejeté. Je t'ai rejetée... Cela, je le regretterai toute ma vie et j'implore ton pardon.

Imogen le fixait bouche bée.

— Tu... tu es amoureux... de moi ?

— Si tu savais à quel point !

Le confesser lui fit un bien fou. Comme une deuxième... non, une *troisième* naissance.

— Après la fête au lac de Côme, je comptais te demander d'oublier notre accord, ces six mois stupides, tout ! Je t'ai dit un jour que je devrais me remarier avec toi. C'était sincère, même si la délicatesse n'était pas au rendez-vous. Je sentais peut-être au fond de moi que je m'y étais mal pris la première fois.

— Zeph… Tu m'aimes ? balbutia-t-elle encore, les yeux brillant de larmes.

Il se rapprocha d'elle très lentement. Le vent froid qui s'était levé faisait voler ses cheveux qui masquaient ses beaux yeux. Comme elle levait la main pour dégager son front, il aperçut l'alliance à son annulaire, et l'espoir se réveilla dans son cœur.

— Oui, je t'aime, Imogen Diamandis. Il aura fallu une longue amnésie pour que je découvre que je ne peux pas vivre sans toi. Si tu veux bien me reprendre, je promets de ne jamais te quitter. Prends-moi à ton côté, s'il te plaît, et laisse-moi t'aimer jusqu'à ce que la Terre s'arrête de tourner.

Elle éclata en sanglots.

Alors Zeph la prit dans ses bras et pressa contre son cœur ce trésor qu'il avait si stupidement rejeté. Par deux fois ! Saisi de terreur à l'idée de ce qu'il avait failli perdre, il chercha presque rageusement ses lèvres pour se rassurer et ranimer le cœur qui sans elle aurait sûrement cessé de battre.

Elle lui rendit son baiser – et ce cœur à l'agonie se gonfla de joie. Puis elle esquissa un geste vers son ventre.

— Je suis désolée que le test de grossesse ait été négatif. Je ne savais pas à quel point je désirais être enceinte avant de découvrir que je ne l'étais pas.

Nous pouvons remédier à cela. Et tout de suite.

Il ravala ces mots de peur qu'ils ne le condamnent. Il lui restait beaucoup de travail à accomplir. Une montagne escarpée à escalader…

— C'est ainsi que l'on apprend, n'est-ce pas ? Dans la difficulté. On ignore ce qu'on a devant soi jusqu'à ce qu'on nous l'enlève. Alors on se sent si stupide…

— Tu viens de m'insulter, là ? s'écria Imogen en haussant les sourcils.

— Oh non ! *agape mou.* C'est moi qui suis stupide.

— Ah ! Traite-toi donc de tous les noms du monde, tant que tu continues à m'aimer comme je t'aime…

Zeph s'entendit rugir de soulagement et de reconnaissance.

Effrayés, les moutons s'égaillèrent dans les fourrés. Pas grave, tant qu'Imogen ne fuyait pas elle aussi.

Ils s'embrassèrent encore passionnément, arrimés l'un à l'autre, haletants, éperdus.

— J'ai besoin de toi, *agape mou*... Quant à Callahan, j'ai bien peur d'avoir une mutinerie sur les bras. Aucun client n'est heureux de traiter avec moi. Ils te réclament tous. Imagine, même dans le conseil le bruit court que tu es une présidente plus agréable et accommodante que moi !

— C'est parce que ses membres s'imaginent pouvoir me manipuler.

— Plus maintenant. Ils ont traîné des pieds, mais après avoir dû reconnaître la valeur de ton travail pendant mon absence ils ont enfin compris. Diamandis a besoin que tu reviennes. *J'ai* besoin que tu reviennes, Imogen. À mes côtés, où est ta place. Sans toi j'étais misérable...

— Oh ! Zeph... Moi aussi.

Il promena les yeux sur les moutons qui s'étaient regroupés non loin d'eux et grimaça.

— J'adorerais sceller notre amour ici et maintenant, mais nous avons des témoins...

Elle rit de bon cœur. Zeph s'aperçut alors que la douleur au fond de lui avait disparu. Accepter l'amour et ouvrir en retour leur propre cœur les avait tous deux guéris.

Il serait volontiers tombé à genoux pour remercier le ciel. Mais sa femme avait d'autres projets. Elle glissa une main caressante dans l'encolure de son manteau.

— Je loue un cottage à un petit kilomètre d'ici, murmura-t-elle sur ses lèvres.

Le cœur de Zeph bondit dans sa poitrine, tandis que d'autres parties de son corps en émoi se réveillaient. Il la relâcha et sortit son téléphone.

— J'ai une meilleure idée. Mon hélicoptère sera ici dans deux minutes.

— Je croyais que tu l'avais renvoyé.

— Il est posé juste derrière la montagne. Ton mari n'est pas fou… Pour ce qu'il a en tête, il faudra des murs solides et une grande douche.

Imogen se remit à rire et jeta les bras autour de son cou.

— Je t'aime, Zeph. J'ai hâte que commence notre prochaine aventure !

La gorge de Zeph se noua. Lorsqu'il recouvra l'usage de la parole, ce fut pour déclarer à sa femme :

— J'étais perdu, tu m'as trouvé et tu m'as sauvé, mon amour. Je t'appartiens, *eros mou*, maintenant et jusqu'à la fin des temps…